Roberto Ricci

The Red Harlequin©

O Reino da Enganação

LIVRO 2

TRADUÇÃO
UBK Publishing House

ubook ubk Publishing House

Publicado mediante acordo com Pantominus Media Limited. Edição traduzida do livro *The Red Harlequin: Kingdom of Deceit*, publicado por Pantominus Media Limited.

COORDENAÇÃO Alessandra Brito
EDIÇÃO Nikita Sigrist
COPIDESQUE Christian Danniel
REVISÃO Nádia Maia e Eduarda Rimi
ADAPTAÇÃO DE CAPA E DIAGRAMAÇÃO Bruno Santos

Dados Internacionais de Catalogação na Publicação (CIP)
(Câmara Brasileira do Livro, SP, Brasil)

Ricci, Roberto
The red harlequin : o reino da enganação / Roberto Ricci ; tradução UBK Publishing House. -- 1. ed. -- Rio de Janeiro : Ubook Editora, 2021. -- (The red harlequin ; 2)

Título original: The red harlequin
ISBN 978-65-5875-584-5

1. Ficção de fantasia 2. Ficção italiana
I. Título II. Série.

21-69874 CDD-853

Ubook Editora S.A
Av. das Américas, 500, Bloco 12, Salas 303/304,
Barra da Tijuca, Rio de Janeiro/RJ.
Cep.: 22.640-100
Tel.: (21) 3570-8150

SUMÁRIO

Nosso mundo é diferente do seu.

É um mundo dividido por cores,

Onde usamos máscaras em público para esconder nossos verdadeiros rostos e sentimentos.

A cor a que você pertence define quem você é e onde viverá.

Cromos de cores diferentes nunca se misturam.

Isso seria como tentar unir uma ovelha e um lobo.

E ainda há os Arlequins.

Eu sei bem o que é verdade e o que não é sobre os Arlequins.

Conheci um, e vivi para contar minha história...

CAPÍTULO 11

UM NOVO DESTINO

Se você me acompanhou até aqui, sabe que meu nome é Asheva e que eu sou um cromo Preto. Mais do que um solstício já se passou desde que deixei minha cidade natal de Axyum. As mudanças radicais que me obrigaram a viajar por diferentes territórios até chegar aqui em Everdia, a cidade dos Cromos Verdes, foram muitas. Mas deixemos o deus do tempo me levar de volta àquele momento em que tudo o que eu aprendera sobre os territórios foi contestado pela revelação de Chtomio, o arlequim com quem fiz amizade. Foi por intermédio de suas palavras que descobri que o destino realmente traçara planos curiosos para mim.

— Unir os territórios? Isso é impossível! — contestei.

Pela forma como ele respondeu, ficou claro que Chtomio não esperava que eu aprovasse a ideia.

— É a única maneira de os cromos conseguirem viver em harmonia uns com os outros. Pense, Asheva, quantas vezes os Cromos Pretos e os Cromos Vermelhos ainda vão precisar entrar em guerra? Quantas vidas devem ser destruídas pela morte de um pai ou de um filho?

Ele fez uma pausa para me fazer refletir, sabendo que nossas perdas eram o que nos uniam.

— Mas cada cromo é diferente! — respondi, resoluto. — Não se pode unir territórios que foram separados desde a alvorada dos tempos.

Pensei por um instante sobre o que aconteceria se opostos como os Cromos Verdes e os Cromos Pretos fossem forçados a viver juntos. A ideia era inconcebível para mim.

— Isso é antinatural — acrescentei.

— Eu não disse que seria fácil — respondeu o velho cromo. — Isso significaria que precisaríamos encontrar uma maneira de mostrar a todos como cromos de cores diferentes podem se unir sem sacrificar suas diferentes culturas. Seria preciso um ato grandioso.

— E o que você sugere?

Chtomio falou em voz baixa:

— Um tratado de paz duradouro entre os Cromos Pretos e os Cromos Vermelhos, que substituiria a guerra pelo comércio. Tomemos isto como exemplo…

Ele tirou um saco de sal de seu manto e o pôs na minha frente.

— Mesmo em tempos de paz, não é segredo que os Cromos Pretos usam os Cromos Amarelos para comprar sal de nós, os Cromos Vermelhos. Eles são orgulhosos demais para nos pedir diretamente.

— Eu não sabia disso — respondi.

— Tampouco você sabia, tenho certeza, que sua floresta sagrada mantém os Cromos Pretos isolados do resto dos territórios. Por que mais você acha que os Cromos Azuis têm tanto poder sobre o comércio?

Pensei novamente sobre a Feira da Colheita e como ela estava repleta de cromos de todas as cores, exceto os Pretos. Como se lesse minha mente, Chtomio falou:

— Você deve se perguntar: quem em Axyum ganha com tal isolamento?

Comecei a rir de nervoso.

— Você é realmente um arlequim! — disse. — A ideia de os Cromos Pretos permitirem que qualquer cromo Vermelho ande livremente em suas florestas é algo que nunca aconteceria. Tudo nos divide.

Ele fez uma pausa por alguns segundos e olhou para mim.

— O que é tudo? — questionou ele de forma serena. — O que é nada? Não são os dois extremos do mesmo mundo? Os Cromos Pretos e os Cromos Vermelhos têm territórios fixos. Se os dois tivessem a coragem de se unir, todos os outros logo fariam o mesmo.

Aquilo soou como um absurdo para mim.

— Os Anciãos em Axyum nunca concordariam com tal coisa. Você mesmo disse, eles são tão corruptos que fariam tudo o que pudessem para obstruir a verdade.

— É por isso que precisamos de um Grande Ancião com coragem, integridade e visão para desafiar os velhos costumes, alguém que possa influenciar os outros.

— Boa sorte em encontrá-lo — zombei.

Chtomio ergueu uma sobrancelha para mim.

Levei um minuto inteiro para perceber o que ele quis dizer com aquilo, de tão ridícula que era a própria noção.

— Eu? Você realmente perdeu o juízo!

Chtomio assentiu com a cabeça e sorriu.

— Bem possível.

— Como eu poderia ser um Grande Ancião? Ainda nem cheguei ao meu 16º solstício. *Além disso*, sou um cromo procurado.

— Nunca subestime o poder enganador das máscaras. Conheci anciãos que eram apenas alguns solstícios mais velhos do que você é agora.

Sabia, por experiência própria, que Chtomio estava certo. O "Grande Ancião" que veio à nossa casa certamente não era tão velho quanto eu esperava que fosse. Todavia, ele ainda era muito mais velho do que eu.

— Você se surpreenderia se soubesse quantas vezes os anciãos foram assassinados em seu auge, em meio a disputas pelo poder — prosseguiu ele, como se lesse minha mente.

— Como você sabe tanto sobre os Cromos Pretos? — perguntei.

— Coletar informações é uma habilidade comum entre arlequins, Asheva. É o que nós fazemos.

Por um instante, não tive certeza se ele estava zombando de mim ou falando sério.

— Mas esqueça tudo isso por ora. Devemos construir um abrigo para a noite.

Naquele momento, foi minha vez de ensinar a Chtomio uma ou duas coisas sobre habilidades na floresta. Ele achou que a praia seria um bom lugar para construir um abrigo, mas eu lhe assegurei que era uma área muito exposta, com muitas correntes de vento. Contei como meu pai e eu costumávamos passar muito tempo caçando na floresta do Leste e como ele me ensinou tudo o que sabia. Fiz o que meu pai teria feito e escolhi um local para construir um abrigo simples entre os pinheiros.

Encontramos um lugar próximo a um riacho, perto de duas árvores separadas por uma distância equivalente a dois corpos, com espaço suficiente para que ambos nos deitássemos. Ao iniciarmos nosso trabalho, Chtomio disse que não permaneceria comigo. Eu ficaria sozinho na floresta.

Não entendi o porquê.

— O que eu vou fazer aqui sozinho? Por que não posso ir para o Reino Vermelho com você?

— Porque os Cromos Pretos ainda são considerados nossos inimigos.

— Então, usarei uma máscara verde. Se a aura dos cromos realmente não existe, ninguém vai descobrir.

— Isso está fora de questão — disse Chtomio. — Assim como em outros territórios, os Cromos Verdes não são bem-vindos na cidade dos Cromos Vermelhos.

Discuti com ele enquanto escolhíamos um tronco robusto para servir de viga transversal ao abrigo e o colocávamos no lugar. Meu corpo inteiro ainda doía, e Chtomio precisou fazer um pouco mais de esforço. Conseguimos amarrar o tronco transversalmente, cerca de dois metros acima do chão da floresta, entre as duas árvores, usando a corda da carroça de Chtomio.

— E se eu viajasse com você disfarçado como um cromo Vermelho? — perguntei.

— Você não sabe nada sobre nossos costumes — disse ele. — Logo descobririam que você é um impostor.

— Eu poderia ao menos tentar — respondi, mais curioso do que nunca. — Aprendi os costumes dos Cromos Verdes. Com certeza, posso aprender os hábitos dos Cromos Vermelhos.

Falei metade desta frase em um tom jocoso, mas senti que Chtomio escondia algo de mim, algo importante.

— Já chega, Asheva — disse ele. — Quando chegar a hora certa, você poderá visitar cada território de cabeça erguida e sem temer a ninguém.

— Você está enganado. Nunca haverá uma hora certa — lamentei.

Continuamos nossa tarefa, cortando duas árvores retas. Removi os galhos e amarrei a ponta de cada uma ao tronco transversal. Suas extremidades opostas tocaram o chão, de modo que o conjunto então formou uma moldura triangular. Trabalhamos em silêncio, conversando apenas ao recolher materiais e galhos mais finos para colocar entre as duas vigas angulares e formar o teto do abrigo. Eu as amarrei com um nó do tipo volta do fiel, como meu pai me ensinara. Depois, me deitei dentro do abrigo para conferir o comprimento e a altura. O tamanho estava adequado, e então mostrei a Chtomio como trançar longos e flexíveis galhos de pinheiro por toda a moldura. As agulhas de pinheiro funcionavam como telhas, e nós as colocamos em camadas até formarem trinta centímetros de espessura, de modo a compor um teto sólido, isolado e impermeável.

Chtomio ficou impressionado com minhas habilidades.

— Fico feliz em ver como você é inteligente e engenhoso, apesar das suas condições — disse Chtomio.

Ao perceber como seus elogios não ajudaram a melhorar meu mau humor, ele continuou:

— Mas seu orgulho de cromo Preto não o ajudará em momentos de necessidade. Você precisa aprender a ser humilde e astuto. O tempo que você passará sozinho aqui me ajudará a lhe ensinar uma coisinha ou outra.

— Então isso é um Rito de Iniciação?

— O que tenho em mente para você vale dez ritos da Nação Preta — disse ele.

Eu estava surpreso com o quanto ele sabia sobre nós, Cromos Pretos.

— Então por que não posso começar? — perguntei.

— Você já começou — disse ele. — O primeiro passo é se tornar independente. É por isso que devo deixar você aqui sozinho.

— Já? Quero dizer, agora mesmo?

Eu ainda estava me recuperando de tudo o que me ocorrera em tão pouco tempo, da minha fuga de Axyum à quase morte na Roda da Sorte. Embora não quisesse admitir isso para mim mesmo, eu me sentia perdido.

Chtomio pôs as mãos sobre meus ombros e me olhou com firmeza.

— Há algumas coisas que só a experiência pode ensinar. Você é minha última esperança, Asheva. Preciso manter você longe dos meus problemas até que esteja pronto para me ajudar a lidar com eles. Além disso, se algo me acontecer, é melhor aceitar meu destino sabendo que você está aqui, se preparando para transformar nossos planos em realidade.

Era tanto para absorver que eu não sabia que resposta dar. Refleti por um minuto e olhei para ele.

— Estarei pronto — falei, emocionado por Chtomio ter tanta fé em meu caráter.

— Ótimo! — disse. — Sei que parece difícil. Peço desculpas, mas devo transformá-lo em um homem forte, se quisermos ter sucesso. Venha, me acompanhe até a carroça.

Minutos depois, ao subir na carroça, ele se voltou para mim.

— Prometo que voltarei, Asheva, e, quando eu voltar, você saberá mais sobre meus planos.

— Quando será isso?

Chtomio sorriu.

— Não posso dizer. Mas você tem minha palavra de que *vou* voltar.

Sua palavra, obviamente, teria que servir.

— Uma última coisa — disse, pegando um saco de lona da parte de trás da carroça e entregando-o a mim.

Dentro dele estavam: a adaga do meu pai, o medalhão da minha mãe, minha máscara cerimonial preta e a máscara de madeira que eu usava para me passar por cromo Verde.

— Peguei essas coisas dentro da pirâmide. Ninguém ousa tocar em nada de um arlequim, tolos supersticiosos. — Ele riu e incitou seu cavalo a avançar. — Fique bem, Asheva.

Vi sua carroça seguir pela praia até se tornar apenas um pontinho distante, que depois desapareceu de vista. Depois disso, nunca me senti tão só, mesmo quando fui forçado a fugir de Axyum. Naquela época, minha mente estava preocupada com a fuga e a sobrevivência, mas, ali, eu teria todo o tempo do mundo para pensar e lembrar de muitas coisas que preferiria esquecer.

A visão do sol se pondo no céu afastou meus pensamentos sombrios. Ainda precisava fazer uma cama para o abrigo.

Meu pai me ensinara que dias quentes podem ser enganosos. Durante a noite, qualquer pessoa que dorme no chão perde o calor corporal. Para que isso não acontecesse, limpei todas as folhas e galhos podres do chão da floresta na parte de dentro do abrigo. Depois, amontoei uma pesada camada de agulhas de pinheiro e as cobri com musgo que raspei de árvores e pedregulhos, para fazer uma espécie de isolamento térmico entre mim e a terra. Eu estava orgulhoso do meu trabalho manual e fiz uma prece de agradecimento ao espírito de meu pai. Também recolhi pedras da praia e fiz um círculo de fogo em frente ao abrigo. Usei minha pederneira para acender a fogueira no momento em que começou a escurecer. Dentro do abrigo, descobri que Chtomio deixara um saco de carne seca para minha primeira noite. Comi junto à fogueira enquanto pensava nos acontecimentos do dia, um dia que ficaria para sempre marcado em minha memória como aquele em que os deuses decidiram que eu começaria a trilhar um novo caminho, rumo a um novo destino.

◆

CAPÍTULO 12

SOBREVIVÊNCIA

No dia seguinte, tomei um banho de mar. Eu estava com um cheiro azedo, resultado de vários dias de viagem, somado ao fedor das masmorras de Ayas, ou seja, fedia o suficiente para fazer um abutre vomitar!

Não obstante, no momento em que mergulhei nas ondas, a memória daqueles dias desagradáveis desapareceu. Eu aprendera os movimentos da água no rio Axi, mas o mar era diferente. As correntes agitadas me envolveram e me revigoraram, enquanto o sal tinha o sabor de uma vida nova. As muitas espécies de animais marinhos selvagens que viviam em seu vasto berço inspiraram em mim novos sentimentos de liberdade. Conforme eu era arrastado de volta à costa pelas ondas, percebi que nós, Cromos Pretos, não honrávamos uma divindade marinha. Ao voltar à praia, não me restavam dúvidas de que, se existisse alguma, seria benevolente.

Mais tarde, naquela noite, eu me aconcheguei em meu abrigo como uma criatura em sua toca, rezando para que nenhum animal vagasse perto de onde eu repousava. Eu despertava em intervalos para vigiar o entorno, enquanto as ondas e a lua me faziam companhia.

Quando o sol nasceu no dia seguinte e o calor aumentou bastante, encontrei refúgio sob a sombra dos pinheiros. Meus braços já pareciam ter melhorado, e logo a necessidade de me alimentar superou todo o resto. Olhei para o bosque ao meu redor, onde, segundo Chtomio, era fácil encontrar comida. Infelizmente, não era tão fácil assim. Aqueles bosques não eram como as florestas de Axyum, que estavam repletas de animais que podiam ser caçados. Quando anoiteceu, voltei para o abrigo de mãos vazias e com mais fome do que nunca, tentando me convencer de que teria mais sorte no dia seguinte.

Na manhã seguinte, o calor do dia ensolarado anterior deu lugar a nuvens cinzentas e a um vento forte. Acordei cedo, tremendo de frio. Nunca tivera tanta fome em minha vida, então até a lenha parecia saborosa. Contemplei o mar. Talvez eu devesse caçar criaturas aquáticas em vez de criaturas terrestres? Eu já tinha comido peixe antes, embora somente dos rios da Nação Preta, por isso não vislumbrei que os peixes do mar poderiam ser mais difíceis de capturar.

Contudo, o mar não estava pronto para desistir facilmente de seu sustento e de seu tesouro. As ondas estavam agitadas e não chegavam mais à costa com suavidade, mas batiam na praia com um violento som retumbante que tremia até meus ossos. Contudo, isso não era nem de longe tão ameaçador quanto a perda de força e vitalidade que logo se seguiria se eu não encontrasse algo para encher minha barriga vazia.

Entrei na água com minha adaga e comecei a tentar apunhalar qualquer coisa que nadasse. Após muitas tentativas, ainda não tinha conseguido. Peixes brancos minúsculos me provocavam nadando em círculos, fora do meu alcance. Então, vi dois peixes prateados em águas mais profundas. Segurei a adaga entre os dentes e mergulhei em direção a eles, movendo-me com convicção, dando golpes rápidos.

Os deuses favoreceram os peixes, e logo eu estava ofegante e sem ar, incapaz de manter a cabeça imersa na forte corrente. Por sorte, uma onda me arrastou de volta à praia, e consegui me levantar.

Mergulhei novamente e vi outro cardume de peixes próximo à costa. Aprendendo com as lições do fracasso anterior, saí da água e peguei meu saco de sal para usar como uma cesta de pesca. Voltei a entrar na água, segurei-o aberto e esperei. Funcionou! Dois pequenos peixes azuis nadaram para dentro. Não havia tempo nem para retornar à praia. Estava tão faminto que não me preocupei em fazer uma fogueira para cozinhá-los e comi os peixes crus, tudo menos as tripas, que coloquei dentro do saco.

Mais uma vez, mergulhei na água. Ainda mais peixes nadaram para dentro do saco, atraídos pela isca que eu colocara. Passei o resto daquela tarde feliz, comendo com fartura pela primeira vez em dois dias.

Sentindo-me forte mais uma vez e de bom humor, motivei-me a fazer com que cada novo alvorecer trouxesse mais progresso. Em Axyum, eu vira minha mãe secar a carne com sal para conservá-la. Usando o sal que o Chtomio me deu, comecei a defumar e a salgar os peixes que pegava. Coloquei armadilhas na floresta e trancei ervas marinhas flexíveis para fazer cobertores. Fiz um balde para carregar água e um machado a partir de uma grande concha afiada. Também decidi que não esperaria a volta de Chtomio para aprender suas lições. Durante sua ausência, eu aprenderia a lutar sozinho. Dessa forma, ele certamente se impressionaria com minha iniciativa!

A primeira coisa que fiz foi esculpir uma espada de madeira para poder simular ataques, tendo as aves marinhas como minha plateia. Também voltei a correr, como costumava fazer em Axyum, quando Andahar e eu corríamos ao longo das muralhas da cidade.

Muitas vezes, eu me perguntava como meu velho amigo se saiu durante o Rito. Era doloroso saber que ele agora me considerava um assassino e traidor. Eu desejava mais do que tudo poder voltar um dia e contar a verdade a ele. Pensei também em minha mãe.

Cada vez que fazia isso, precisava reprimir o forte desejo de voltar a Axyum e procurá-la, pois Chtomio estava certo: sem dúvida eu seria morto se voltasse à minha cidade natal. Os Cromos Pretos precisavam de tempo para se esquecer de mim, mas saber disso não ajudava a confortar ou aliviar a dor associada ao desconhecimento do que acontecera com ela.

Tentei bloquear todos esses pensamentos e me concentrar no treinamento. Meus músculos enrijeceram, meu corpo ficou mais flexível e minha pele bronzeou ao sol. Mesmo assim, ainda que eu tentasse me forçar a viver no presente, como as outras criaturas selvagens, a solidão não dava descanso aos meus pensamentos. Comecei a marcar todas as noites passadas na floresta, entalhando pequenas cruzes na viga de apoio do abrigo. Até então, já havia marcado vinte e ainda não tinha notícias de Chtomio.

Chtomio, o arlequim. Chtomio, o cromo que me salvou em Ayas e que soube manipular a Roda da Sorte. Chtomio, que declarou que os cromos e os arlequins eram iguais. Isso significava que nós tínhamos os mesmos deuses. Será que os deuses existiam mesmo? Eles também foram criados durante os tempos primitivos, assim como a separação das cores dos cromos e dos arlequins?

Fiquei aterrorizado só de pensar nessa última pergunta. Rapidamente afastei essas reflexões blasfemas, pedindo a Lapis, o deus pastor da Nação Preta, que perdoasse minha insolência.

Senti que minhas preces foram atendidas pois, quando já estava ficando cansado da solidão, fiz uma amiga: uma pequena corça, que apareceu em meu acampamento. Só podia ser órfã, pois sua mãe nunca a deixaria se aproximar tanto. Peguei meu machado de concha, ansioso para garantir a carne fresca e tenra que ela forneceria, mas, quando o animal se virou e me olhou com seus olhos indefesos e ingênuos, não consegui matá-lo. Afinal de contas, estávamos ambos sozinhos no mundo.

Ajudei a corça a desmamar, alimentando-a com tenros brotos de grama que eu vira outros cervos mordiscando. Em pouco tempo, ela começou a me seguir como um cachorro e ajudou muito a amenizar a dor e o tormento da solidão. Eu a chamei de Avala.

Muitas madrugadas se passaram depois que eu acolhi Avala sob meus cuidados e ainda não havia nenhum sinal de Chtomio. Então, numa manhã, ouvi o barulho inconfundível de um cavalo e de uma carroça. Correndo para a praia com Avala ao meu lado, eu o vi passando pela areia, vindo em minha direção! Foi uma visão prazerosa.

— Asheva! — gritou ele, retirando sua máscara.

Ele desceu da carroça e nós nos cumprimentamos.

— Estava ansioso para saber quando você voltaria — disse, e meu alívio era claro e óbvio.

Ele me olhou por alguns segundos, como se quisesse ver de que modo eu poderia ter mudado.

— Venha — disse ele —, vamos nos sentar e conversar à beira-mar.

Mostrei meu sabre de madeira e contei sobre o progresso que fizera com meus exercícios.

— Pensei que poderia começar sem você no aperfeiçoamento da arte da espada.

— A arte da espada? — repetiu Chtomio, pouco impressionado.

Surpreendido por sua reação, falei:

— Pode não significar muito para você, mas os filhos da Nação Preta nascem com uma espada nas mãos.

— Pode ser, mas, durante minha vida, vi muitos guerreiros que eram fortes com espadas, mas fracos de cabeça, serem mortos.

— Não tenho certeza se entendi.

— Fique de pé — disse ele.

Ele desembainhou sua espada de lâmina larga e a atirou aos meus pés.

— Pegue-a, me mostre o que um filho da Nação Preta é capaz de fazer.

Olhei para ele, inseguro. Será que ele realmente esperava que eu o atacasse?

— Vamos — insistiu ele, retirando parte de suas vestimentas. Notei pela primeira vez que ele tinha a letra "A" tatuada em seu braço esquerdo, em tinta escura e caligrafia curvada.

— O que é isso? — perguntei, apontando para seu braço.

— Não se distraia! Vamos, me ataque!

— Mas você está desarmado! Não tem nem mesmo um escudo.

Chtomio bateu com orgulho em seu peitoral largo.

— Eu tenho meu corpo, não tenho? Agora, lute!

Agarrei a espada e apontei para ele.

— Não quero ferir você, arlequim.

— O mais propenso a se machucar será você, jovem cromo, eu lhe asseguro.

Irritado, avancei com a espada em direção a ele. A lâmina deveria ter-lhe cortado o braço, na altura do ombro, só que isso não aconteceu. Com um movimento hábil que eu nunca teria pensado que ele fosse capaz de fazer, ele girou para o lado e desviou. Minha arma cortou o ar vazio enquanto Chtomio, agachado, me tomou pelas pernas, me ergueu do chão sobre suas costas e me lançou à areia com força.

— Está vendo? Uma espada não é sua única arma — riu ele, me ajudando a ficar de pé. — Mostrarei a você como usar o corpo a seu favor.

— Essa não é uma maneira muito honrosa de lutar — eu disse, magoado por aquele velho cromo ter levado a melhor sobre mim.

— A morte não se importa se você vem ao encontro dela de forma honrosa ou não, meu amigo.

Nós duelamos pelo que pareceu ser uma vigília inteira, eu com a espada, e ele com as próprias mãos. Quando terminamos, era o jovem lobo que estava exausto e com dificuldade para permanecer de pé, e não a velha raposa.

Com a respiração ofegante, tentei falar:

— Parece... que você conseguiria... continuar para sempre...

— Isso é porque uso meu vigor com parcimônia — justificou

ele. — Faço apenas o necessário, enquanto você agita sua arma pesada como um tolo, desperdiçando sua preciosa energia, para meu benefício.

E assim continuamos durante todo o dia. Aproveitei a companhia de Chtomio e, uma vez superado meu ego ferido e alguns hematomas, desfrutei também de tudo o que ele me ensinou.

Quando anoiteceu, fizemos uma fogueira. Falei de minhas rotinas de caça e pesca, confessei os pensamentos blasfemos que eu tivera sobre os deuses e os territórios e compartilhei minha ansiedade em relação à minha mãe em Axyum. Senti-me bem em desabafar com um cromo mais velho e mais sábio sobre essas coisas. Enquanto eu falava, Chtomio permaneceu em silêncio, imerso em seus próprios pensamentos.

— Algo errado? — perguntei, enfim. — Tagarelei demais?

Ele sorriu.

— Não é você, meu jovem amigo — respondeu, olhando para as chamas cintilantes. — Os territórios estão se tornando turbulentos. Você me disse o quanto deseja voltar a Axyum. Bem, o novo Grande Ancião dos Cromos Pretos clama por uma vingança sangrenta contra os Cromos Vermelhos.

A notícia me chocou. Nossa última guerra com os Cromos Vermelhos tivera um impacto tão grande que minha nação não conseguiu se recuperar. E mesmo assim haveria outra guerra? Seria nosso fim!

— Quem meus companheiros escolheram como o novo Grande Ancião? — indaguei.

— Não sei o nome dele — disse Chtomio. — Vocês Cromos Pretos são bons em manter a ilusão do Grande Ancião como uma figura misteriosa e mascarada que sobrevive além da morte. Tudo o que sei é que os ventos da guerra soprarão pelos territórios mais uma vez, a menos que façamos algo a respeito.

— O Reino Vermelho é o culpado disso — comentei, defendendo instintivamente minha linhagem. — Eles foram muito duros conosco durante a última guerra. Suas exigências gananciosas por ouro puseram nossa nação de joelhos.

O velho cromo franziu a testa.

— Ouro? Que ouro? Nenhum ouro do território da Nação Preta chegou até as terras da Nação Vermelha. Isso eu posso lhe garantir.

— Sim, chegou sim! — insisti. — O Grande Ancião nos disse que os Cromos Vermelhos queriam trezentos gramas de ouro de cada família. Eu estava lá quando ele disse isso.

— Então, mesmo *agora* você aceita tais palavras como verdade? — questionou Chtomio. — Por acaso viu o ouro sair de Axyum com seus próprios olhos?

Balancei a cabeça.

— Não, claro que não! Deixe-me lembrá-lo, Asheva, que nós, os Cromos Vermelhos, controlamos todas as reservas de sal nos territórios. Não precisamos do ouro dos Cromos Pretos. Nós simplesmente trocamos nosso sal pelo ouro da Nação Amarela, que é do mais puro e obtido pacificamente. Suspeito que o ouro de que você fala tenha sido escondido por seus próprios anciãos e...

Seus olhos se arregalaram.

— E o quê? — perguntei.

— Mas é claro! Como posso ter sido tão estúpido de não ter percebido? O ouro! É assim que eles se prepararão para outra guerra tão rápido!

— Não entendi.

— O ouro que vocês entregaram nunca saiu de Axyum. Ele será usado pelos anciãos para financiar uma nova guerra.

— Por que nós iríamos querer uma nova guerra?

— O novo Grande Ancião obviamente pretende unir a Nação Preta para apoiá-lo e consolidar seu poder. A guerra é uma arma de distração usada por todos os tiranos.

Chtomio se levantou.

— Não posso ficar — disse ele, me deixando perplexo. — Preciso voltar para Samaris.

Samaris, a cidade dos Cromos Vermelhos, fica no coração do Reino Vermelho, perto do mar. Embora fosse o lar de Chtomio, eu não sabia muito sobre a cidade, pois ele só dava respostas vagas sempre que eu lhe perguntava sobre ela.

— Talvez eu possa ir com você desta vez? — perguntei.

— Não. Você deve ficar aqui. Este é o único lugar seguro.

— Mas você mesmo disse, não posso me esconder ou fugir dos outros para sempre.

Chtomio avançou em minha direção, seus olhos arregalados e cheios de urgência, suas veias salientes ao redor do pescoço.

— Nunca venha me procurar em Samaris, entendeu? Nunca! Você colocaria em perigo tanto a sua vida quanto a minha!

Surpreendido com aquela reação, pedi desculpas. Chtomio voltou para sua carroça e se preparou para ir embora. Pensei que sua partida abrupta fosse por causa da minha raiva e fiquei triste de vê-lo partir com um tom tão amargo. Pedi desculpas mais uma vez por meu desrespeito, mas ele só resmungou antes de incitar o cavalo a avançar. Pela segunda vez, vi a carroça desaparecer ao longo da costa, deixando-me sozinho para remoer aquela estranha interação.

Nos dias seguintes, lutei contra minha melancolia praticando o máximo que pude com a espada, treinando alguns novos exercícios que adaptei dos jogos que aprendi em Axyum. Um deles se chamava *phersu*, que jogávamos durante as festas em homenagem a Lapis. O desafio consistia em pendurar dois sacos em um galho de árvore e balançá-los com força, na direção oposta um do outro. Cada jogador fica debaixo do galho sem mexer os pés. O objetivo é evitar os dois sacos sempre que eles vierem em sua direção. Se for atingido ou se mexer os pés, você perde.

Eu gostava de imaginar que os sacos eram dois guerreiros que me atacavam de direções opostas. Se eu me mexesse, perderia a batalha, pois estaria concentrado em fugir em vez de enfrentá-los e matá-los.

Para vencer, eu precisava manter minha posição e me concentrar nos métodos de ataque dos meus inimigos. Observaria seus padrões de batalha enquanto ajustava o equilíbrio do meu corpo, curvando-me e girando para evitar ser atingido.

Costurei dois sacos utilizando parte de minhas vestes e os enchi com areia. Depois os pendurei no galho grosso de um pinheiro e dei um bom empurrão forte em cada um para fazê-los balançar. Eles vieram em minha direção com fúria. Tentei desviar, mas sair do caminho de um simplesmente me pôs no caminho do outro, que me derrubou no chão com um forte golpe na barriga.

Tentei novamente. E de novo, e de novo. Cada vez que eu ficava de pé, não só o meu corpo levava um golpe, mas minha raiva e frustração cresciam. Tudo em que conseguia pensar era na visão da carroça de Chtomio atravessando a areia sem mim. Minha raiva continuou a crescer.

Insisti no treino até que finalmente evitei ambos os sacos, balançando meu corpo para a direita e depois rapidamente para a esquerda, sem mover meus pés. Quando terminei, cravei minha espada de madeira em um dos sacos e soltei um rugido uivante que fez Avala correr para se proteger.

◆

CAPÍTULO 13

CAMINHOS E TRILHAS

Na manhã em que marquei minha sexagésima cruz, o vento mudara de direção e o mar não estava mais plácido e quente. Houve uma violenta tempestade que manteve Avala e eu confinados em meu abrigo durante a maior parte do tempo.

A chuva continuou por vários dias até parar de cair certa noite, concedendo às ondas agitadas e ao vento uivante a oportunidade de me manterem acordado. O vento sacudiu os galhos secos de pinheiros do abrigo, que emitiam ruídos como demônios tagarelas. No meu estado sonolento, quase consegui compreender as palavras deles.

Abri os olhos. *Quase*, não. Eu *consegui* compreender as palavras. Eram vozes de cromos! Saí para ouvir melhor.

— Rápido, amarre os animais! — ordenou uma cromo. — Por que você está demorando tanto?

— Estou tentando, não estou? — respondeu um cromo irritadiço. — Vem aqui e faz você se é tão esperta. Maldita chuva. Mal consigo ver o que estou fazendo!

— Depressa! Eles vão fugir se você não amarrar direito!

— Então por que você não acende uma tocha ou algo do tipo em vez de me fazer de capacho?

Estava muito escuro, mas a curiosidade de ver os misteriosos intrusos levou a melhor sobre minha prudência. Segui as vozes, com Avala atrás de mim. Pude ouvir o familiar mugido dos bois. Então, duas tochas foram acesas. Uma casa sobre rodas estava estacionada na praia! Os bois fortes, responsáveis pelo reboque, estavam sendo amarrados a uma árvore pelo cromo, enquanto a outra cromo permanecia ao seu lado, segurando as tochas.

— Vamos lá, Kairo, calma — disse o cromo, puxando os bois.

Eles estavam vestidos com túnicas simples e roxas com padrões lilás bordados ao redor do decote. Suas máscaras tinham um tom pálido de lilás com gravuras brancas. Pelo tom de suas vozes e pela pele de suas mãos, suspeitei que provavelmente tinham mais do que o dobro de meus solstícios.

— Olá! — gritei.

Não via ninguém além de Chtomio há tanto tempo que estava empolgado por enfim poder conversar com outro ser além de Avala.

Os cromos se puseram imediatamente em guarda.

— Quem está aí?

— Nossa, Jhute, olhe para o rosto dele, olhe para o rosto dele! Ele é hediondo! — exclamou a cromo.

Foi quando me lembrei que eu não estava usando uma máscara.

— Pelo amor dos deuses, jovem cromo! — berrou o cromo Violeta. — Coloque sua máscara, rápido! Você vai ofender os deuses com essa cara feia.

— Desculpe, eu vou buscá-la! — gaguejei.

Corri de volta para o abrigo e peguei a máscara de madeira que Astor esculpira para mim durante nosso tempo juntos na estrada Canceriana. Coloquei-a e apressei-me de volta ao local onde estavam os dois cromos Violeta, esperando que minhas roupas esfarrapadas me ajudassem a passar por um cromo Verde. Embora Astor e Chtomio soubessem que eu era um cromo Preto fugitivo, não queria que nenhum outro cromo descobrisse isso.

— Sinto muito, não quero fazer mal. Já tem algum tempo desde que vi quaisquer outros cromos — disse a eles. — Sou apenas um simples cromo Verde que decidiu parar de vagar.

A cromo disse:

— Você está muito longe de casa, jovem cromo Verde.

O cromo pôs-se à frente dela de forma protetora, perguntando com uma voz afetada e profunda:

— Você está sozinho aqui?

Por um instante, eu não tinha certeza do que dizer. Não podia contar a ele que estava seguindo as ordens de um arlequim!

— Não — respondi. — Eu tenho uma boa amiga, Avala.

— Onde está essa sua amiga? — perguntou o cromo Violeta, desconfiado. — Chame-a aqui. Deixe-nos vê-la.

Na menção de seu nome, Avala veio até mim. Eu a acariciei gentilmente.

— Aqui está ela — disse.

Eles nos olharam sem saber o que pensar de nós.

— Tenho tudo o que preciso nestes bosques — falei. — Juro perante a Deusa Mãe que não roubarei nada de vocês. Exceto talvez um pouco do seu tempo, se isso lhes agradar. Nunca conheci cromos Violeta antes.

Curvei-me diante da cromo.

— Madame, meu nome é…

Eu me impedi de falar meu nome verdadeiro, hesitando por um momento e esperando que eles não percebessem.

— Meu nome é Fulgor. Peço desculpas mais uma vez por ter mostrado meu rosto. Apenas pensei que…

A cromo me interrompeu, dizendo de forma casual:

— Sim, sim. Nós sabemos. Sua feiura não é culpa sua, mas a vontade dos deuses. No entanto, pela mesma razão que nós, cromos Violeta, devemos usar nossas máscaras para proteger nossa beleza, *você* deve usar a sua para nos poupar dessa visão repugnante.

As palavras dela me assustaram. Até então, eu nunca me achara feio ou bonito. E se eu fosse realmente feio, isso não me tornaria mais ou menos hediondo do que qualquer outro cromo que já conheci. Eu tinha o mesmo cabelo preto que a maioria dos outros jovens em Axyum (com exceção de Andahar, um raro loiro). Disseram-me muitas vezes que meus estreitos olhos verdes eram agradáveis, e como meu rosto não estava mais tão pálido, bronzeado pela minha constante exposição ao sol, eles se destacavam ainda mais. Eu ainda estava no solstício de minha adolescência, e aquela cromo Violeta, baixa e atarracada, despertou pela primeira vez minha percepção sobre minha aparência.

— Meu nome é Zimdie — declarou ela de forma bastante grandiosa. — E este é meu marido, Jhute.

Apesar de suas vestes estarem meio cobertas de lama, elas exalavam um cheiro florido que me fez lembrar carinhosamente da Feira da Colheita.

— Você está um pouco longe das trilhas — disse Jhute, cauteloso e apreensivo. — Já conhecemos muitos cromos Verdes durante nossas viagens, mas nenhum tão jovem quanto você.

— Não há muitos como eu em minha Nação — respondi.

— Nem na nossa — disse ele com um risinho.

Não sei se foi porque seu bom humor era contagioso ou se eu estava apenas feliz de ver alguém após ter passado tanto tempo sozinho, mas comecei a rir com ele. Logo nós três estávamos compartilhando uma risada amigável que quebrou a tensão.

Acendemos uma fogueira e nos sentamos juntos para trocar saudações formais. Antes que pudessem me fazer mais perguntas, eu lhes indaguei sobre sua casa. Eles me disseram que os cromos Violeta viajavam pelos territórios em casas sobre rodas, robustas e confortáveis. Como a maioria dos integrantes de sua linhagem, eles eram comerciantes e exploradores.

Jhute e Zimdie se especializaram na fabricação e venda de tintas perfumadas. Eles viajaram para aquela costa remota na esperança de encontrar o pó das asas da rara borboleta flox roxa, mas também para ver que tipo de plantas uma floresta de pinheiros tinha a oferecer.

— Posso ajudar em sua busca! — afirmei. — Eu conheço bem esta área.

— Não vejo por que não — assentiu Jhute, voltando-se para Zimdie. — Seis olhos veem melhor do que quatro.

— *Oito* olhos — corrigiu Zimdie, com um aceno de cabeça para Avala.

Passamos o dia seguinte no encalço de minha corça, para observar o que ela comia. Encontramos arbustos selvagens de índigo, hortelã e ramalhetes rosas. Mostrei-lhes os brotos de ervas marinhas que Avala adorava mordiscar, e ambos os cromos Violeta os examinaram com muita empolgação. Aparentemente, eles podiam ser espremidos para a obtenção de um suco, que fornecia uma bela cor verde de espuma marinha e serviria para tingir túnicas.

Como celebração à nossa descoberta, Jhute e Zimdie compartilharam comigo seu jantar e sua fogueira. Sedento como estava por companhia, aceitei com gratidão.

Quando voltei à casa móvel deles ao pôr do sol, fiquei em choque. Os dois cromos Violeta não ouviram meus passos quando me aproximei. Então, ao entrar na casa, encontrei os dois desmascarados. Eu arfei em voz alta com espanto ao ver suas faces abomináveis e deformadas. Ambos tinham queixos, orelhas e narizes muito compridos, e suas bocas grandes e abertas revelavam dentes cinzentos. Mesmo assim, eles pareciam mais chocados do que eu.

— Não olhe! — berrou Zimdie virando para o outro lado. — Nossa beleza matará os cromos que não são Violeta!

Eu me virei e corri para fora, meu coração batia acelerado e minha respiração oscilava. Nunca vira rostos tão grotescos e horríveis em toda minha vida! Enquanto esperei que eles recolocassem as máscaras e me chamassem de volta, só pude agradecer aos deuses por estar com minha própria máscara colocada naquele momento, de modo que pude esconder a expressão de choque. Quando entrei novamente, tentei afastar da minha mente a imagem que vira. Em contraste com o que estava atrás de suas máscaras, a casa era pequena e agradável. Estava repleta de plantas secas penduradas e frascos de vidro cheios de pós coloridos e perfumados. Eu os inalei profundamente. Era como se a própria natureza tivesse deixado suas flores mais perfumadas sob a custódia dos cromos Violeta. Nós nos sentamos ao redor de uma pequena mesa redonda, onde uma refeição simples de peixe grelhado com temperos exóticos foi servida.

Como todos nós usávamos máscaras, eu pegava pequenos pedaços de peixe e me virava quando os comia, levantando a máscara apenas um pouco. Os cromos Violeta fizeram o mesmo. Pela primeira vez, fiquei feliz que as Leis Coletivas fossem seguidas, mesmo naquele canto remoto dos territórios.

Permanecemos em silêncio por um tempo, ouvindo o vento e as ondas enquanto bebíamos um refrescante chá de lavanda que Jhute preparara. Ele então começou a falar de sua cidade, Papylia, com grande carinho. Soube que o território Violeta ficava em um enorme planalto, coberto de lavanda, e que na extremidade se localizava Papylia, aninhada nas margens de uma lagoa tranquila, perto do mar.

— Você iria adorar vê-la, Fulgor. É a cidade mais bela de todos os territórios! — disse Zimdie.

— Mais bonita do que Ayas? — perguntei.

— Ayas! — repetiu Jhute com um forte desprezo. — Aquele terreno baldio? Você não regula bem se acha aquilo bonito. O lugar não é nada mais do que um grande mercado com muralhas!

Zimdie explicou que os cromos Violeta se espalhavam pelos quatro cantos ao longo das estações para negociar, retornando apenas no final do ano para compartilhar suas riquezas.

— Isso ocorre na época das borboletas — explicou ela, batendo palmas. — Uma vez a cada solstício, borboletas de todos os territórios se dirigem à Papylia. O céu fica repleto delas!

— Parece um arco-íris em explosão — completou Jhute. — Isso só poderia acontecer na cidade mais bonita de todos os territórios.

— Vocês já estiveram em Ayas e na Feira da Colheita? — perguntei.

— Sim, mas não nesta última — disse Zimdie. — E de todo modo houve uma grande confusão! Os cromos Azuis encontraram um arlequim, bem ali no meio de tudo, descarado como sempre! Eles o colocaram na Roda da Sorte!

— Sério? — perguntei, tentando manter a calma. — E o que aconteceu com ele?

Zimdie e Jhute contaram a história de como todas as flechas disparadas pelo carrasco cego se desviaram do suposto arlequim, proclamando sua inocência. Foi tão estranho ouvir tudo isso contado por outra pessoa, e com tantos floreios acrescentados à história.

— A aura do arlequim queimou ao seu redor como se uma parede com as cores do arco-íris o protegesse das flechas — disse Jhute. — Qualquer um que tentasse olhar para ele ficava cego!

— E, então, ele foi embora! Desapareceu, bem na frente de todos — disse Zimdie.

— O que você acha que tudo isso significa?

— Só os deuses sabem — disse Jhute. — Uma coisa eu posso dizer com certeza: aquilo foi o presságio de alguma coisa.

Ele fez uma pausa antes de acrescentar:

— Alguma coisa grande.

— Já se ouviu falar de novo do arlequim? — perguntei, entretido por aquelas novas reviravoltas.

— Nenhum sinal dele — disse Jhute. — Todos ficaram aterrorizados, esperando que ele se vingasse!

— Mas, até agora, desde a última vez que ouvimos falar dele, nenhum bebê teve seu coração devorado, nem houve tempestades na Grande Pirâmide Azul — comentou Zimdie. — Dá para imaginar?

— Acho que a liberdade dele é punição suficiente para os Cromos Azuis — argumentou Jhute. — Ouvimos dizer que há muitos deles querendo se livrar daquele vizir e de seus seguidores, de qualquer forma. A maioria deles são corruptos e gananciosos. Imagino que vão fazer fila para destruir aquela roda horrível!

— Talvez eles devessem fazer o vizir dar uma volta nela antes disso — respondi, e ambos riram novamente.

Bons dias de companheirismo se passaram rapidamente enquanto nós três percorríamos o bosque, mas eventualmente chegou a hora de Jhute e Zimdie seguirem em frente. Estavam indo para os territórios montanhosos compartilhados pelos Cromos Laranja e Amarelos, e me convidaram para ir com eles. Para um cromo Verde sem-teto, isso não seria problema, mas minha mente não conseguia abandonar a esperança de que Chtomio voltaria. Celebramos nossa última noite juntos com um jantar luxuoso. Talvez por ser nosso último encontro, Jhute fez um pedido peculiar.

— Supõe-se que os cromos Verdes são cantores — disse ele. — Que tal compartilhar uma melodia conosco?

Naquele momento, me vi em apuros. Eu não conhecia uma única canção dos Cromos Verdes. Na verdade, depois de ver seus rostos, quase esqueci que lhes dissera que era um cromo Verde. Pensando rápido, falei:

— Que tal eu fazer melhor do que isso? Por que não cantar para vocês uma canção ritual que surrupiei da Nação Preta?

Pude ver que ambos estavam de olhos bem abertos e curiosos por meio das fendas em suas máscaras. Os ritos dos Cromos Pretos eram mantidos em segredo e quase nada sobre minha Nação era conhecido por outros cromos.

— Vá em frente, então — disse Jhute.

Felizmente para mim, eu tenho uma boa voz. Comecei a cantar uma canção sobre nosso grande deus pastor: uma balada doce e melancólica que aprendi em minha época de seminário em preparação para o Rito.

Atrás da máscara, as lágrimas rolaram por minhas bochechas, enquanto minhas emoções me surpreendiam. Percebi que expressei, através daquela canção, a dor da perda de tudo e de todos os cromos

Pretos que eu já havia conhecido. O som lúgubre das ondas e do vento me acompanharam. Os cromos Violeta devem ter entendido em algum nível o quanto aquela canção era pessoal para mim, porque, ao terminar, eles permaneceram em silêncio por um tempo. Quando falaram, pude sentir a emoção em suas vozes.

— Isso foi lindo — fungou Zimdie.

— Não sabia que os Cromos Pretos tinham esse lado — concordou Jhute. — Quem diria, uma música tão adorável sobre um ritual primitivo.

Precisei me controlar. Jhute tinha acabado de me ofender profundamente com sua blasfêmia casual.

— Por que você diz isso? — perguntei, tentando manter a calma.

— Porque não existe tal coisa como um caminho para a maturidade — respondeu ele.

— Não há nenhum rito que o prepare para isso — acrescentou Zimdie, assentindo com a cabeça. — A única maneira de você aprender sobre a vida é vivendo-a.

— Não sei se entendi — respondi.

— Bem, vamos considerar você, por exemplo — disse Jhute. — Quando o conhecemos pela primeira vez, pudemos ver que você já sabia como viver de modo independente. Estava claro como o dia.

— E qualquer um que possa viver sozinho nos territórios na sua idade certamente não precisa de nenhum rito para provar a si mesmo — acrescentou Zimdie.

Eles devem ter sentido minha apreensão.

— Você não acredita em nós — disse Jhute —, mas só precisa olhar um pouco para si mesmo. Você é um nômade. Sempre seguiu seu próprio caminho, quer existisse um caminho em frente ou não. Sua vida é o que você faz dela, nem mais, nem menos. E nós respeitamos isso, não é, Zim?

Ela assentiu com a cabeça e concordou:

— Certamente respeitamos, jovem Fulgor.

Naquela noite, fiquei inquieto. Por mais que meus amigos cromos

Violeta respeitassem Fulgor, o cromo Verde, fiquei incomodado com suas opiniões a respeito dos Cromos Pretos e com sua atitude desdenhosa em relação ao Rito. É claro que eu precisava de um rito! Ou, pelo menos, de um caminho a seguir! Todos precisavam!

Na manhã seguinte, ajudei Jhute e Zimdie a embalar as plantas que tínhamos encontrado, e os dois me deram de presente um frasco de pó da rara borboleta flox roxa.

— Ele tem muitas propriedades curativas — garantiu-me Jhute. — Grave minhas palavras, isso lhe servirá bem.

Antes de nos despedirmos, Zimdie saiu da casa sobre rodas carregando uma cesta de pós e corantes, um manto roxo e roupas lilás feitas de lã macia.

— O tempo vai esfriar em breve — disse ela, entregando-me a cesta. — Isso manterá você aquecido.

— Mas eu não sou um cromo Violeta — respondi.

— Você está sozinho aqui — sussurrou ela —, quem vai saber?

Depois, nos abraçamos uma última vez. Avala e eu assistimos com pesar enquanto a casa balançava e se arrastava ao longo da praia, puxada por seus robustos bois.

Alguns dias depois, como Zimdie previu, ventos frios e fortes vieram do interior, e começou a nevar. Não fiquei surpreso quando Avala encontrou um companheiro e seguiu com ele para terrenos mais altos. Fiquei feliz em ver que ela agora podia sobreviver sozinha, mas sua partida, combinada com o frio entristecedor, pesou muito em meu coração e me deixou desolado.

Onde estava Chtomio? Eu entendia que ele queria me proteger, mantendo-me isolado, mas pude sentir uma rebelião profunda crescer dentro de mim, por conta do estado de restrição em que me encontrava. As palavras de Jhute também continuaram a me assombrar: "*Você sempre seguiu seu próprio caminho, quer existisse um caminho em frente ou não.*"

Observei o horizonte. As nuvens escuras que ameaçavam trazer mais neve estavam se dissipando. O sol voltou a brilhar sobre a vastidão do litoral à minha frente. Olhei para minha máscara de madeira desgastada e para o manto violeta que Zimdie me dera, e soube o que eu precisava fazer.

Com o pó de giz que os cromos Violeta me deram, pintei toda a máscara de branco e depois usei um pó vermelho diluído em água para pintar losangos cor de sangue em cada uma das duas bochechas. Usei o corante vermelho que ganhara para mudar a cor do manto de púrpura para carmesim.

Coloquei a nova máscara e o manto e voltei ao abrigo, para embrulhar meus poucos pertences. Depois parti andando, para longe da floresta e da praia, sorrindo debaixo do meu disfarce. De lá, decidi seguir para o norte. Se eu seguisse o litoral, chegaria até o Reino Vermelho e Samaris.

Parti mais uma vez na minha jornada. E eu nunca olharia para trás.

◆

CAPÍTULO 14

FERYA

No quarto dia de minha viagem ao longo da costa, encontrei uma série de montes brancos. No início, pensei que eram feitos de areia. Duas longas estacas sobressaíam-se do maior. O céu ao redor estava escuro, com pássaros voando em círculos. Quando me aproximei, pude ver que eram abutres alimentando-se de dois corpos empalados em cima de dois postes de madeira pontiagudos. No monte, entre os postes, estava escrito numa placa de pedra:

Esta é a nossa justa punição
Por tentar roubar o tesouro do mar,
O sal sagrado,
Do qual apenas o Rei,
Descendente divino de Adio e Adia,
Pode usar conforme desejar.

Aquelas deviam ser as preciosas reservas de sal que Chtomio mencionou quando falou sobre os Cromos Vermelhos. Afastando-me daquela visão abominável, segui em frente ao longo da linha da costa. Eu havia pensando ingenuamente que o Reino Vermelho era diferente dos outros territórios, menos violento e mais justo. Eu estava errado mais uma vez.

As reservas de sal significavam que eu já estava dentro do território Vermelho. Enquanto caminhava além dos últimos montes, avistei uma montanha à minha frente, que havia sido moldada pela força da natureza e se espalhava pela terra plana ao seu redor. Ao me aproximar, percebi que o que eu considerava ser uma protuberância natural em seu pico era na verdade uma torre palaciana de cor rosada. Empolgado e intrigado, acelerei o passo em direção a ela.

A torre se elevava como se fosse um chifre na rocha. Abaixo dela havia uma cidade repleta de minaretes carmesins. Um círculo de estátuas enormes brotava das imponentes paredes externas e envolvia toda a base da rocha como um enorme cinturão de pedra, no mesmo tom de vermelho suave da torre. Quanto mais eu me aproximava dela, mais imponentes se tornavam a cidade e o tamanho espantoso das estátuas. Cada uma tinha o tamanho de pelo menos vinte cromos empilhados. Eu finalmente estava em Samaris.

Lembrei-me das histórias que meu pai compartilhava comigo sobre a primeira guerra que ele lutou contra os Cromos Vermelhos. Mas ele nunca mencionara Samaris em seus contos de batalha. As Leis Coletivas afirmavam que as cidades de todas as cores eram sagradas para os deuses e não deveriam ser atacadas.

Ao olhar para minhas vestimentas, fiquei nervoso. Eu tinha uma nova máscara e um novo manto. Apesar de eles me ajudarem a passar por um cromo Vermelho para qualquer um que me olhasse de forma casual, seriam suficientes para perambular por Samaris e passar pelo inevitável escrutínio dos locais? Por um instante, também me preocupei com minha aura de cromo Preto, antes de me lembrar do que Chtomio me dissera.

Eu me perguntava qual seria a reação dele ao me ver. Ele me proibira de entrar no Reino Vermelho, mas não é possível que ele esperava de fato que eu ficasse na floresta todo esse tempo, certo? Embora eu torcesse para que minha presença o deixasse feliz, parte de mim temia que ele não ficasse satisfeito.

As máscaras esculpidas nas enormes estátuas fitavam o horizonte de forma ostentosa. Uma grande multidão estava reunida à sombra delas na entrada da cidade. Quando me aproximei, fiquei mais nervoso, afinal, estava me infiltrando numa cidade que fora duas vezes inimiga da Nação Preta em tempos recentes. Se minha verdadeira identidade fosse descoberta, eu não tinha dúvidas do que aconteceria comigo, especialmente com a imagem dos dois corpos empalados ainda fresca em minha mente.

A entrada para Samaris consistia em dois túneis separados debaixo de um par de estátuas. A estátua à esquerda retratava uma cromo que repousava seus braços sobre um grande arco. Uma aljava cheia de flechas fora esculpida em suas costas. A estátua à direita refletia a imagem de um lançador montado em uma carruagem puxada por dois peixes gigantes. Ambas as estátuas pareciam bastante ameaçadoras, então presumi que foram erguidas para intimidar, e não para agradar.

Notei um fluxo de cromos surgindo ao longo de uma estrada que levava para o oeste e contornava a encosta da montanha. Estranhamente, nenhum deles entrava ou saía das passagens abaixo das estátuas gigantescas.

Ao chegar próximo à multidão, senti um mau cheiro de suor e sujeira. Todos estavam malvestidos com farrapos de pano vermelho, velhos e sujos. Eu não esperava necessariamente roupas luxuosas como as usadas pelos comerciantes Azuis, mas fiquei surpreso ao ver tantos cromos vestidos com pouco mais do que trapos esfarrapados que até os mais humildes cromos Verdes se recusariam a vestir.

A maioria das máscaras que vi eram feitas de palha, com incomuns furos grandes para os olhos, o nariz e a boca. Elas me lembravam os espantalhos que os fazendeiros da Nação Preta colocavam nos campos abaixo de Axyum. Pensei que talvez aqueles não fossem cromos Vermelhos.

Concentrado em analisar aqueles cromos, logo percebi que muitos estavam igualmente empenhados em me observar de forma minuciosa. Alguém puxou meu manto por trás. Fiquei nervoso ao ser confrontado por um velho cromo com as costas muito curvadas, gritando palavras incompreensíveis para mim.

— Ashi! Sayi! Nobre!

Ele estendeu a palma da mão trêmula para mim e de repente ficou claro: ele era um mendigo, todos eles eram.

— Ashi! Sayi! Nobre! — repetiu ele. — Uma prova de sua generosidade para um velho cromo.

— Ashi! Sayi! Nobre! — gritou um cromo mais jovem, aproximando-se. — Tenha misericórdia!

Logo toda a multidão veio em minha direção. Tive dificuldade para abrir caminho rumo às muralhas da cidade. Ao fazer isso, parte do meu manto foi arrancada. Felizmente, a adaga de meu pai e minha máscara preta estavam firmemente guardadas em minhas vestes, e o medalhão de minha mãe ainda estava pendurado em volta do meu pescoço.

Um dos mendigos surgiu de trás de mim e ajoelhou-se na minha frente.

— Por favor, Ashi! Me leve para dentro com você! Por favor, eu imploro. Que meus olhos vejam as maravilhas de Samaris pelo menos uma vez antes de eu morrer!

— Volte aqui, seu velho tolo! — gritou alguém da multidão antes que uma cromo passasse por mim e o agarrasse pelo braço.

— Perdoai-lhe, nobreza, ele não sabe o que está dizendo.

— Me solte! — gritou ele. — Eu vou para Samaris! Essa é minha cidade tanto quanto é dele — disse, apontando para mim.

Fiquei confuso e não soube como reagir. Ele se soltou da cromo e dirigiu-se a um dos dois túneis, desaparecendo dentro da passagem escura sob a estátua da cromo. A multidão atrás de mim, inclusive a cromo que o segurara, implorou para ele parar e voltar.

Não demorei muito para entender o porquê. Um terrível grito

de horror ecoou para fora do túnel, silenciando a multidão. Alguns minutos depois, dois cromos com mantos vermelho-sangue e máscaras cinzas, em formato de caveira, emergiram. Um deles tinha algo em sua mão. Era a cabeça do velho cromo, com os olhos abertos e vidrados, como uma máscara da morte, e sangue escorrendo do pescoço.

— Alguém mais? — gritou o cromo com máscara de caveira.

A multidão ficou em silêncio. Todos se afastaram novamente das muralhas. Chocado e enjoado, fiz o mesmo. Assim que os guardas voltaram para dentro das muralhas, estrondosas trombetas começaram a tocar.

— Por que você não entra?

Ouvi a voz de uma criança sussurrando atrás de mim. Eu me virei e olhei para baixo. Uma jovem cromo me encarava. Vestida com roupas sujas feitas de diferentes retalhos vermelhos, como os outros mendigos, usava uma máscara rosa muito pequena para seu rosto, que estava toda manchada de sujeira. Ela não tinha mais do que seis ou sete solstícios de idade.

— Você está muito bem-vestido para ser um janis. Qualquer um pode perceber isso — afirmou ela. — Você deve ser um ashi ou um sayi. Então, por que está aqui conosco?

— O que é um janis? — perguntei.

— Como você poderia não saber o que é um janis? — disse ela.

As trombetas tocaram mais uma vez. A multidão se aglomerou e se aproximou das muralhas. Eu quase caí, e a pequena mendiga certamente teria sido pisoteada se eu não tivesse empurrado as pessoas ao redor para protegê-la.

— Ei, cuidado! — ameacei um cromo particularmente ávido, que recuou.

— Obrigada — disse a pequenina.

— Este não parece ser um lugar seguro para você — falei.

— Estou acostumada a isso — disse ela. — Toda *Ferya* é assim, embora eu não venha aqui pela comida.

— Que comida?

Meu estômago começou a roncar só de me ouvir dizer essa palavra.

— A comida distribuída pelo Rei — respondeu ela de maneira trivial. — Você *é* estranho.

O barulho incessante das trombetas continuou e logo foi acompanhado pelo som das batidas dos cascos ecoando de uma das passagens. Um minuto depois, para a alegria da multidão, um esquadrão inteiro de guardas de cavalaria emergiu do túnel esquerdo. Estavam vestidos com mantos vermelhos flamejantes e máscaras douradas, carregando lanças com galhardetes vermelhos vibrantes.

Os cavalos formaram duas longas filas em ambos os lados da estrada, enquanto os mendigos da Nação Vermelha se posicionaram comicamente perto deles. Só que aquilo não era uma apresentação cômica, porque, se chegassem muito perto (e muitos chegaram), os guardas não hesitavam em acertá-los com suas lanças. Pareciam não lembrar que aqueles eram seus próprios irmãos.

Após mais um toque de trombetas, uma carruagem vermelha com incrustações douradas, puxada por dois cavalos brancos enfeitados com plumas vermelhas, saiu do túnel direito. Um cromo de manto vermelho, com uma máscara vermelha brilhante e vestimentas douradas, segurava as rédeas, enquanto uma cromo usando um luxuoso vestido de seda vermelho e branco e uma máscara de pérolas luminescentes acenava para a multidão. Seus longos cabelos pretos tremulavam ao vento.

— Salve o Rei Quadrio! Salve sua filha, a Princesa Cestia! — berraram os guardas a cavalo em uníssono.

A multidão repetiu a saudação, embora hesitante.

— Princesa Cestia! — gritou a pequena cromo ao meu lado. — Ela não é linda? Sabia que a máscara dela tem uma pérola oferecida ao Rei pelo deus Adio quando ela nasceu?

Uma carruagem preta elegante, um pouco menor, com rodas vermelhas, surgiu atrás da carruagem real. Seu único ocupante era um cromo alto e esbelto com uma túnica prateada sombria e uma máscara de prata adornada com sobrancelhas de rubi vermelho, que lhe davam um semblante severo.

— Quem é esse? — perguntei à criança.

— É o Ministro Oris — disse ela.

Não pude deduzir sua idade, mas a máscara que ele escolhera para si mesmo dizia muito sobre sua personalidade: devia ser um cromo poderoso, e não apenas por causa de sua proximidade com o rei.

Então, tão rapidamente quanto chegaram, o Rei, a Princesa e o Ministro completaram sua procissão e se recolheram novamente atrás das muralhas. Nenhuma palavra foi dita, nenhuma outra saudação foi feita.

Em seguida, várias carroças saíram da passagem esquerda para serem saudadas por aplausos entusiasmados e aclamadas com sinceridade por parte da multidão. Elas continham grandes pilhas de comida. Os guardas em cima delas começaram a descarregá-las, jogando a comida aos mendigos. A multidão se aproximou, com a cavalaria esforçando-se para mantê-los em fila.

Por estar faminto, eu também briguei e lutei por comida. Vi um pedaço de pão voando na minha direção e o peguei no ar.

— Ei, isso é meu! — gritou um cromo mais velho.

— Não, é meu — respondi, dando-lhe um bom vislumbre da minha adaga.

Funcionou bem para reforçar a mensagem, fazendo os cromos correrem e procurarem outras sobras longe de mim.

Então, fiquei parado atrás das primeiras filas de mendigos que ainda estavam à procura de comida. Eu nunca vira nada assim antes. Fiquei chocado por ter encontrado uma multidão tão desesperada e maltrapilha no lugar em que menos esperava ver tal pobreza e tal realidade tão dura, o amado Reino Vermelho de Chtomio.

— Nós não queremos sua comida! Queremos terra para cultivar! Queremos sal para preservar a comida! — gritou um jovem cromo que não estava distante de onde eu estava.

Ele estava vestido como os outros, com retalhos de diferentes tecidos vermelhos costurados, mas, ao contrário dos outros, que usavam máscaras de palha, a dele era feita de tecido vermelho com buracos para os olhos e a boca. Carregava uma rede sobre os ombros e, a julgar pela voz, devia ter por volta da minha idade. Outro jovem, também com uma máscara de pano, gritou para os guardas a cavalo:

— Fiquem com sua caridade!

Eles repararam em mim.

— Está olhando o quê? — rosnou o que carregava a rede.

— Já viu uma coisa dessa? — acrescentou o outro. — Um jovem ashi comendo do mesmo prato de miséria que nós, janis!

Ele estava de costas para as muralhas da cidade, então não percebeu que um arqueiro estava apontando para ele do alto de uma estátua.

— Ei, cuidado! — gritei para ele, apontando para o arqueiro.

Ele se virou na direção que eu estava apontando. Se ele tivesse esperado mais um segundo, teria sido tarde demais. O cromo deu um salto para trás, desviando da flecha, que se fincou no chão perto de seus pés. Com o arqueiro já armando seu arco com outra flecha, os dois janis fugiram. Passei por vários mendigos, distanciando-me o máximo possível de onde eu estava, caso o arqueiro quisesse um prêmio de consolação.

Eu me concentrei no pedaço de pão em minhas mãos. Levantei levemente a máscara, mas não consegui comer.

A menina com quem conversara estava ao meu lado, sua máscara fixamente voltada para mim e seu dedo minúsculo apontando para o pão. Suspirei, dividi o pão em dois e dei-lhe metade. Ela ergueu ligeiramente a máscara e quase mastigou minha mão também. Ao nosso redor, eu podia ver brigas se desdobrando enquanto os cromos famintos tentavam roubar comida uns dos outros.

— Vamos andando — disse à jovem criança. — Você não está segura aqui.

Ela assentiu com a cabeça.

— Está tudo bem. Eu voltarei para minha mãe.

— Onde ela está?

Ela olhou para longe de mim, sem responder.

— Ela pode estar preocupada com você — falei.

Foi aí que ela me deu um soco, me pegando de surpresa.

— Não fale de minha mãe! Você não sabe nada sobre ela!

Com isso, ela se virou e correu na mesma direção dos dois manifestantes que o arqueiro tentara matar. Eu precisava descobrir como entrar na cidade, mas não havia ninguém ao meu redor que parecesse ser capaz de me mostrar como. Então, parti ao longo da estrada secundária que circulava o caminho da montanha, garantindo que nenhum arqueiro mirasse em mim de cima das estátuas. Muitos dos outros mendigos começaram a fazer o mesmo.

Depois de um tempo, a harmonia das casas e torres vermelhas que eu vira na parte mais alta de Samaris deu lugar a um cenário de desolação que se revelou nas partes mais baixas. Ali, uma multidão de barracos pequenos e cabanas desgastadas estendia-se pela costa até onde a vista alcançava. Havia poucos barcos de pesca espalhados na praia, que mal podiam dar conta de alimentar uma vila daquele tamanho, e suas velas vermelhas rasgadas davam a impressão de uma terra totalmente abandonada pelos deuses.

Caminhei por vários metros até que a estrada pavimentada se transformou numa passagem com poças e lama. O fedor que senti pela primeira vez entre os mendigos igualava-se ao odor daquele terreno, e, antes que eu percebesse, estava dentro de um labirinto de becos lamacentos. Os cromos que viviam ali também vestiam trapos e usavam máscaras de palha. Alguns estavam sentados no chão, me encarando com olhos vazios enquanto eu passava, outros tropeçavam, bêbados, e outros deitavam-se como cadáveres sobre a lama. Alguns estavam amontoados perto de um banco, jogando dados e gritando obscenidades a seus deuses depois de cada partida perdida, ignorando as pilhas abandonadas de felinos e roedores mortos apodrecendo.

Àquela altura, meus pés estavam latejando de dor e cansaço, bem como meus ossos. Manquei entre os barracos, os corpos e o fedor até que encontrei mais uma vez a pequena criança com a máscara rosa, de pé, diante de uma pequena cabana feita de barro seco. Um cromo alto impedia a entrada dela.

— Esta é a casa da minha mãe! — gritou a criança a plenos pulmões.

— Saia daqui antes que eu lhe corte em pedaços, sua rata! — rosnou o cromo, antes de agarrá-la pelo braço e jogá-la para um lado, lançando seu pequeno e leve corpo ao chão.

Enquanto ele se preparava para chutá-la, me aproximei por trás dele e chutei suas pernas com todas as minhas forças, fazendo-o cair no chão. Eu o chutei novamente, dessa vez no rosto. Sua máscara de palha não proporcionou nenhuma proteção, e ele urrou de dor, sem oferecer nenhuma resistência conforme eu agarrava seu manto e o arrastava para longe da cabana.

Ninguém parecia se importar, mas, por via das dúvidas, mantive minha adaga a postos. Aproximando-a da máscara do cromo caído, eu sibilei alto o suficiente para que todos ouvissem:

— Se você não quiser que eu corte seu pescoço, fique de pé, comece a correr e nunca mais volte aqui.

Ele se levantou e saiu mancando apressado para longe de mim.

A criança, entretanto, fugira de novo. Entrei na cabana, esperando encontrar a mãe ou o pai dela, mas estava vazia. Não havia sinal de ninguém vivendo ali. Decidi ficar. Não tinha outro lugar para onde ir e, pelo menos, enquanto pensava no que fazer a seguir, eu podia descansar. A luta com o cromo sugara meu último pingo de força. Fiz o melhor que pude para manter os olhos abertos, temendo que outro cromo pudesse invadir, mas minha mente e meu corpo ansiavam por descanso, e logo dormi profundamente.

Um barulho me despertou. Quando abri os olhos, vi a criança brincando com um monte de conchas. Ela me olhou de relance e disse:

— Estava vigiando a cabana por você, caso aquele cromo voltasse enquanto você dormia.

— Obrigado, pequenina — agradeci.

— Meu nome não é pequenina — disse ela, olhando para as conchas. — Meu nome é Tiara.

— E eu me chamo Asheva — disse.

Decidi usar meu nome verdadeiro no Reino Vermelho, na esperança de que ele chegasse aos ouvidos de Chtomio.

— Onde estão seus pais?

— Não posso dizer, pois os ichtiis poderiam aparecer e levá-los embora.

— Quem são os ichtiis? — perguntei.

Ela manteve a voz baixa:

— São criaturas da morte, metade cromo, metade marinho, que saem da água à noite e perambulam pela terra, procurando por aqueles que devem ser punidos. Eles os levam para a água. É assim que puniriam meus pais se tivessem encontrado eles, mas não podem, porque estão num lugar secreto.

— O que seus pais fizeram de tão terrível? — perguntei.

— Cometeram um pecado — disse ela. — Algo que nunca deve ser feito, algo que eu não posso dizer.

Tentei descobrir que parte daquilo, se é que havia alguma, poderia ser verdadeira. Afinal, ela era uma pequena cromo e, se fosse minimamente parecida com as crianças de Axyum, provavelmente acreditava em qualquer coisa que os lhe contavam.

— Por que os cromos mais velhos não combatem essas criaturas, esses ichtiis? — perguntei.

— Eles estão muito assustados. Dizem que quando os ichtiis saem é porque Adio está zangado conosco, os janis, e quer um sacrifício.

Ela estremeceu.

— Quem é Adio?

Tiara fez cara feia e explicou que existiam três castas no reino: a casta governante de ashis, formada por nobres, os sayis, que eram os comerciantes, soldados e artesãos do reino, e, finalmente, havia os janis, a casta indigente mais baixa.

— Adio, o deus do mar, ofereceu água à Adia, a deusa da terra, que ofereceu terra a ele. Eles misturaram seus dons e criaram vários cromos. Então cada um deles contribuiu com uma gota de sangue para que esses cromos se tornassem cromos Vermelhos — explicou ela. — Mas os cromos eram muito feios e não pareciam nada como os deuses pretendiam que eles fossem. Foi assim que os janis foram criados. Então, Adio e Adia decidiram tentar novamente. Da segunda vez, os cromos ficaram mais próximos da imagem dos deuses, e foi assim que os sayis nasceram. Os sayis saíram melhores que os janis, mas os deuses ainda não estavam satisfeitos. Então, eles fizeram uma última tentativa e criaram os ashis. Adio comparou seu reflexo com os deles na água e ficou satisfeito com o resultado. Os ashis ficaram perfeitos! Ele e Adia então coroaram um dos ashis como rei de todos os Cromos Vermelhos.

— Adio e Adia? — perguntei.

Ela assentiu com a cabeça.

— Suas estátuas guardam a entrada de Samaris. Além de nós, eles criaram todo o Reino Vermelho e todos os outros deuses também.

A criança explicou que cada uma das estátuas nas muralhas de Samaris era um deus ou uma deusa enaltecida pelos Cromos Vermelhos. Ela recitou seus nomes um a um, assim como seus poderes.

Se eu não tivesse conhecido Chtomio, tenho certeza de que teria tomado aqueles mitos como verdade, como Tiara. Porém, quanto mais histórias de deuses eu ouvia nos territórios, mais elas pareciam ser um monte de mentiras. A Deusa Mãe dos Cromos Verdes, Adio e Adia dos Cromos Vermelhos, o deus pastor dos Cromos Pretos, a deusa da sorte dos Cromos Azuis: cada cor parecia ser a "escolhida" entre todas as nações, e as divindades de cada cor eram mais poderosas do que quaisquer outros deuses.

Se eu tivesse permanecido em Axyum, teria tremido diante de tais pensamentos blasfemos, mas agora eu sentia a liberdade de decidir por mim mesmo. Meu pai me dissera que o Reino Vermelho era um lugar de guerreiros humildes, mas poderosos, porém minhas experiências pessoais estavam me revelando que aquele era mais um território onde a injustiça reinava suprema. Talvez mesmo meu pai não soubesse tanto sobre os territórios quanto eu pensava. Talvez ele só tenha escolhido repetir para mim o que outros lhe disseram porque não queria parecer ignorante aos meus olhos.

— Por fim — continuou Tiara —, há Ium, deus protetor dos ashis, e Eris, deus protetor dos sayis.

— E quanto aos janis? — perguntei. — Não têm um deus que os proteja?

— Não — disse ela. — Nós somos os intocáveis, os feios.

— Tenho certeza de que você não é feia — contestei.

— Ah, sim, eu sou — assegurou ela.

— De onde venho, os deuses não fizeram ninguém feio — comentei. — Todos nós, não importa a que cor pertençamos, somos bonitos para eles, porque somos o reflexo deles. Isso significa que você também é bonita.

Ela virou sua máscara na minha direção e gritou:

— Sério? Como a Princesa Cestia?

— Ah, muito mais do que a Princesa Cestia, disso tenho certeza.

Tiara então pôs as mãos perto de sua máscara e começou a rir.

— Você é engraçado! Minha mãe também sempre me diz que eu sou uma princesa!

Ela rapidamente se levantou e disse:

— Está na hora de eu ir agora.

— Para onde? — perguntei.

— Para o meu lugar secreto — sussurrou ela.

Com isso, ela saiu da cabana antes que eu pudesse segui-la, desaparecendo no meio do labirinto de becos. Só então percebi que não perguntei a ela sobre Chtomio. A conversa sobre os deuses e as castas me distraíra.

Fiquei atento à movimentação de pessoas, na vaga esperança de que meu velho amigo passasse por aquela estranha colônia e me cumprimentasse com entusiasmo. Porém, não havia sinal dele em lugar algum. Interroguei vários cromos para ver se eles o conheciam, mas claramente não confiavam em mim e não respondiam minhas perguntas.

Quando a noite enfim chegou, trouxe consigo uma tranquilidade assustadora à aldeia de janis. Os becos lotados e os gritos do turno diurno se dissiparam. Não consegui dormir, então saí da cabana de Tiara para tomar um pouco de ar fresco. Nenhuma fogueira fora acesa, e fazia tanto silêncio que eu podia ouvir as ondas do oceano se quebrarem quando atingiam a costa. Olhei para cima, em direção à cidade de Samaris. Ao contrário da colônia, a cidade ostentava chamas que iluminavam todos os lugares. Mesmo de onde eu estava, podia ver tochas gigantescas por toda a montanha, iluminando cada rua e moradia, assim como todas as estátuas monolíticas.

Observei a grande torre em formato de chifre do castelo do rei, empoleirada na parte mais alta da cidade. Fiquei pensando se era lá que ele ficava e que tipo de cromo era. Havia alguma razão legítima por trás da disparidade de seu tratamento a seus súditos? Não me pareceu provável. Mesmo a Nação Preta, com todas as suas falhas, jamais permitiria que seus filhos ou filhas vivessem em tal pobreza e desespero.

Mas então lembrei-me da ocasião em que eu e minha mãe estivemos no Palácio dos Anciãos em Axyum e fomos tratados como o mais baixo tipo de verme. Havia alguma diferença entre os Anciãos e os ashis? Eu precisava admitir que não. Estava cada vez mais ciente de que o poder tem uma estranha atração. Ele faz com que cromos de cores diferentes tornem-se semelhantes ao abusar do privilégio que os deuses lhes concederam.

Chtomio provavelmente já percebera isso. Mas por que ele não me falou sobre a desigualdade entre os Cromos Vermelhos? E se ele era um nobre de alto escalão, por que não fazia algo a respeito disso? Quanto mais eu pensava no meu amigo, mais sentia que precisava vê-lo novamente.

De repente, ouvi gritos vindos da praia. Parte de mim queria entrar na barraca de novo, enquanto a outra queria ver o que estava acontecendo.

"Eles saem da água à noite e perambulam pela terra, procurando por aqueles que devem ser punidos." O aviso da criança sobre os ichtiis soava como uma premonição.

CAPÍTULO 15

MARCROMOS

Uma das fraquezas que os deuses infringiram em mim é a curiosidade. Um antigo provérbio da Nação Preta dizia que mostrar curiosidade é como atiçar o deus do destino: é preciso pouco para que ele repare em você e menos ainda para que ele mude seu destino. Além disso, se realmente houvesse ichtiis itinerantes, Chtomio poderia estar lá fora lutando contra eles. Segui até a costa, onde vi uma labareda. Os gritos que eu ouvira não vinham de criaturas infernais, mas de vários cromos que pareciam ter a intenção de empurrar um barco para a água. No entanto, as ondas fortes frustravam seus esforços. Um dos cromos se virou e viu que eu os observava.

— Vai ficar aí parado ou vai ajudar? — perguntou ele.

Eu me lembrei dele. Refletida à luz das chamas, reconheci sua máscara feita de tecido macio. Era um dos dois que haviam provocado os guardas durante a cerimônia da *Ferya*.

— O que devo fazer? — perguntei.

Todos ficaram tensos.

— Não é o Verio! — disse outro.

Todos usavam máscaras de pano.

— Não, mas ele já nos ajudou antes, e seus braços são tão bons quanto os do Verio, talvez até melhores — afirmou o outro cromo, olhando para mim. — Qual é o seu nome?

— Asheva — respondi.

— Diga, Asheva — disse ele, entretido —, você cansou de brincar com os sayis e ashis dentro das muralhas? Agora quer ver como os cromos de verdade vivem, é isso?

Todos os outros riram.

— Não sou sayi nem ashi. Eu venho de fora do reino.

Isso cessou as risadas imediatamente.

— Você não é um cromo Vermelho então? — perguntou alguém.

Naquele instante, eu me arrependi de ter aberto a boca.

— Não. Sou um cromo Violeta — respondi.

Inventei uma boa e convincente história sobre minhas origens usando o que aprendi nas semanas que passei com Jhute e Zimdie. Falei com confiança das planícies de lavanda e os entretive com histórias emocionantes sobre viagens com meus pais em nossa casa móvel. Contei como fomos atacados por cromos Pretos na floresta do Leste, que queimaram minha casa e me deixaram órfão. Eu me sentia mal por mentir, mas não podia correr riscos.

— Ah — observou um. — Eu sabia que você era um cromo Violeta pela sua maneira de falar.

Concordei, sorrindo debaixo da máscara com o pensamento improvável de um cromo Preto falando como um cromo Violeta.

— Mas você usa uma máscara vermelha — apontou outro — e roupas vermelhas.

— Em homenagem ao Reino Vermelho — justifiquei, inventando mais uma história. — Para celebrar a vitória sobre os cromos Pretos.

— Bem, nesse caso, você é bem-vindo a bordo. Eu me chamo Daerec — disse um dos cromos que eu tinha visto na *Ferya*.

Era óbvio que seu conhecimento dos territórios era limitado, assim como o meu também era, antes de deixar Axyum. Talvez os governantes de Samaris não quisessem que as coisas fossem diferentes, pensei. Tal como os Anciãos.

Logo fiz amizade com todos os companheiros de Daerec. Lá estava seu irmão Enyac, o cromo que o acompanhou na *Ferya*. Havia Oghale, um grande e musculoso cromo com voz de criança; Yanetz, um cromo alto, mas magro; e Xai, o mais jovem do grupo. Ele me disse que tinha 15 solstícios, mas eu suspeitava que tivesse menos.

— Venha aqui à popa, Asheva. Ajude a gente a empurrar esta besta para as águas — disse Daerec depois de me familiarizar com todos.

A besta em questão era um barco de madeira, em formato de casca de noz, grande o suficiente para caber cerca de cinco cromos. Mais tarde, soube que aquele tipo de barco se chamava tartan. Ao pôr as mãos na extremidade da popa, pude sentir que a embarcação era feita de diferentes tipos de madeira pregados juntos, da mesma forma que os janis remendavam suas roupas. Ao contar até três, pressionei o ombro contra ele, junto com os outros.

— Empurrem! Empurrem! — ordenou um dos cromos.

Antes que eu percebesse, estava na água fria, imerso até a cintura. Os outros subiram a bordo.

— Venha, Asheva! Você também comerá esta noite! — disse Daerec esticando o braço.

Hesitei por um instante.

— Para onde vocês estão indo? — perguntei, temendo uma viagem para a qual eu não estava preparado.

— Onde você acha? Pescar — respondeu ele, rindo.

A leveza e a espontaneidade de Daerec me surpreenderam. Ele não parecia se importar de onde eu vinha ou por que estava ali. A julgar pela sua voz, não devia ser muito mais velho do que eu era, talvez 16 solstícios. Segurei o braço dele e subi a bordo.

Enyac e Oghale içaram uma vela quadrada e guiaram o barco em direção ao mar aberto.

— Obrigado por me ajudar na *Ferya* — agradeceu Daerec.

Assenti com a cabeça e respondi:

— É uma das Leis Coletivas, ajudar alguém em necessidade.

— Não há muito uso para as Leis Coletivas neste lugar — respondeu Enyac.

Perguntei sobre suas curiosas máscaras feitas de tecido, tão diferentes das outras que eu vira.

— É porque somos marcromos — disse Xai com orgulho.

— Marcromos?

— Somos cromos do mar, por isso chamamos a nós mesmos de marcromos — explicou Daerec.

— E porque passamos muito tempo no mar e na água, não podemos usar outras máscaras — acrescentou Enyac.

— Na minha opinião, não devíamos usar nenhuma máscara — disse Daerec.

— Sim! — disseram todos.

Eu também gritei "Sim!", e nós rimos juntos.

O tartan navegou nas águas abertas, e logo a única parte visível da costa era Samaris, com suas minúsculas luzes a distância. As estrelas brilhando contra o veludo azul da noite e o reflexo prateado da lua sobre a água proporcionavam a única fonte de luz. Samaris era tão pacífica de longe e, por outro lado, tão violenta de perto, pensei, refletindo sobre a colônia de janis e a violência inescrupulosa dos guardas Vermelhos durante a *Ferya*. O Reino Vermelho não era um lugar de retidão, como eu havia sido levado a acreditar. Era um reino de enganação.

Enquanto isso, os marcromos começaram a cochichar entre si. Eu não conseguia entender o que eles diziam. Daerec veio até mim.

— Chegou a hora de jogar nossa rede. Precisamos fazer isso em silêncio para não assustar os peixes. Aqui, pegue isto.

Ele me entregou parte da rede.

— Ao meu sinal, jogue-a na água.

Quando todos estavam prontos, ele ergueu o braço.

— Agora! — sussurrou Daerec, e todos nós jogamos a longa rede ao mar.

Esperamos em silêncio por um tempo e, quando puxamos a rede para cima, todos os tipos de criaturas foram esparramadas no convés, saltando em frenesi. Lançamos a rede mais duas vezes, até que o barco estivesse cheio de peixes e eu não soubesse ao certo quem cheirava pior, nós ou nossa pesca. Foi um trabalho duro, mas gratificante, com um saldo muito positivo.

— Você é um cromo de sorte, Asheva — disse Daerec. — Não vai precisar comer ratos mortos por um bom tempo!

Todos os outros caíram em gargalhadas. Ele explicou que o grupo costumava pescar sob a luz do dia, até descobrir que a melhor captura podia ser feita à noite.

— É quando os peixes saem em busca de alimento, mas outros marcromos são preguiçosos demais para pescar na escuridão — acrescentou ele.

Navegamos no tartan de volta para a costa e atracamos na praia, cansados, mas satisfeitos com nosso trabalho. Daerec me entregou uma cesta com peixes.

— Isso é para você.

Agradeci e perguntei onde poderia conseguir um pouco de sal para preservar minha parte. Todos pararam o que estavam fazendo e me olharam fixamente. Depois, começaram a rir.

— Você não *é mesmo* daqui, é? — disse Daerec. — Nós, janis, não somos autorizados a usar sal. É por isso que há tanta fome.

— Mas por quê? Vi muito sal no meu caminho para cá.

— De fato, você viu. Há mais do que o suficiente para todos. Mas somente os ashis e os sayis têm permissão para pegar sua parte. Se nós, janis, tocarmos o sal, eles dizem que ele se torna impuro e não pode ser usado.

— É por isso que, se um janis for pego levando um pouco de sal, ele será…

— Empalado — concluí, contando sobre as vítimas que eu vira no caminho para Samaris.

Daerec assentiu solenemente com a cabeça.

— Não podemos usar sal, não podemos atravessar as muralhas, não podemos fazer nada.

— Por que vocês ficam aqui? — perguntei. Por que não vão embora?

— E ir aonde? — respondeu Daerec. — Esta é a nossa terra. Aqui é onde os deuses nos colocaram. Para viver, sofrer e morrer aqui.

Eu queria desesperadamente contar-lhes a verdade sobre os deuses, as cores, os cromos e tudo o que tinha aprendido, mas sabia que não acreditariam em mim. Sentamo-nos na praia à beira da fogueira e grelhamos alguns peixes. Enquanto esperávamos o nascer do sol, conversamos, rimos e brincamos uns com os outros. Fazia muito tempo que eu não tinha tão boa companhia. Então, eles começaram a perguntar sobre meu território.

— A que casta você pertence em sua terra? — perguntou Daerec.

— Não há castas de onde venho — expliquei, embora no fundo eu lembrasse como alguns dos pais de meus amigos recebiam privilégios especiais dos Anciãos.

Daerec olhou para os outros quatro.

— Viu? Eu disse que era diferente nos outros territórios!

— Quer dizer que você pode ter sua própria terra para cultivar alimentos? — perguntou um deles, sem acreditar.

— Se é isso que você deseja fazer, sim — respondi.

— E você pode estudar os livros sagrados? — indagou outro.

— É *esperado* que você faça isso, no seminário.

Eu realmente queria dizer a eles que também em minha cidade, e eu suspeitava que em todos os territórios, nem tudo que reluz é ouro. Mas segurei minha língua.

Quando os raios do sol trouxeram o dia, percebi uma jovem cromo se aproximando, caminhando perto da costa do mar. Era Tiara. Assim que ela se sentou distante de nós para contemplar a água, eu apontei para ela e contei aos outros sua história sobre as criaturas do mar que queriam levar sua mãe.

— Nós enterramos nossos mortos no mar — comentou Enyac. — Talvez seja isso que ela quis dizer.

— Então os pais dela estão mortos? — perguntei.

— Acho que sim — respondeu Enyac. — Apesar de que eu nunca vi o pai dela. Alguns dizem que ele era um ashi, embora eu ache isso improvável. Os ashis não tolerariam nenhum pecado entre um dos seus e uma janis. Se for verdade, fico surpreso que *ela* ainda esteja viva.

— Deixem a menina em paz. Ela está perdida em seu próprio mundo — acrescentou Daerec.

A visão dela sozinha na praia, de frente para o mar, me entristeceu. Caminhei em sua direção, mas ela pareceu não ter percebido minha aproximação.

— Olá, Tiara — cumprimentei-a.

Ela se voltou para mim.

— Olá.

— Você deve estar com frio — disse, tirando o que sobrou do meu manto e enrolando-o em volta de seus ombros.

— Aqui, pegue isto.

Ela o enrolou com força em torno de si mesma.

— Melhor?

Ela assentiu com a cabeça.

— Ótimo.

— Vermelho é teu coração — disse ela.

— Perdão?

— Vermelho é teu coração. É o que você diz a alguém depois de uma boa ação, é o que minha mãe sempre me diz.

— Obrigado — disse.

Ela sorriu para mim.

Quando voltei para perto dos outros, Daerec me convidou a acompanhá-los ao abrigo deles, então deixei a praia e segui para a colônia com meus novos amigos janis.

A cabana dos marcromos era um grande monte de barro seco, com um buraco em cima para permitir a entrada da luz solar. Aquilo lembrava um formigueiro de formigas de Bório, o tipo que havia em Axyum. O interior estava apinhado de redes de pesca penduradas e camas de palha dispostas em círculo, e a parede era decorada com desenhos de peixes. Daerec apontou para uma das camas e disse que eu podia deitar nela.

— Ela pertencia a um de nossos companheiros — disse. — Ele faleceu não faz muito tempo.

— Como ele morreu? — perguntei.

— Ele morreu da doença que acomete a maioria de nós aqui. Ela avança como uma onda, e em questão de dias você é levado pelos deuses.

Os dois irmãos tiraram as máscaras. Eram quase idênticos, com cabelos cor de cobre que contrastavam fortemente com seus rostos de pele pálida. Além da voz, a única outra diferença entre eles era a cor dos olhos. Os de Daerec eram cinza, e os de Enyac eram azuis transparentes.

— E seus pais? — perguntei.

— Nossa mãe morreu ao nos dar à luz — respondeu Daerec.

— E o Rei matou nosso pai — completou Enyac.

— Por quê? — perguntei.

— Foi durante um protesto por comida, antes da última guerra com os Cromos Pretos.

— Mate um para dar o exemplo a muitos — disse Daerec amargamente enquanto deitava-se em sua cama.

Em poucos minutos, ele adormeceu. Enyac permaneceu acordado.

— O Rei mandou matar meu pai aqui, na frente de todos os janis, para que todos pudessem ver.

— Por que vocês aceitam isso? — perguntei. — Por que ninguém se rebela?

— Olhe para nós, Asheva — disse ele. — A maioria morre jovem por causa da doença. Os que chegam à velhice se tornam mendigos que se sentam junto às suas cabanas desperdiçando o pouco que lhes resta de suas vidas em brigas. Já tentamos lutar, até construímos aquele tartan com nossas próprias mãos, mas ninguém segue nossa liderança. Todos têm medo de que os sayis e ashis nos matem se mostrarmos resiliência.

Só conseguia pensar em como me sentia honrado por estar com tais cromos. Eu achava que tinha sofrido nos outros territórios, mas aquilo não era nada em comparação ao que meus novos amigos passavam.

Ao deitar-me em minha nova cama, pensei em Chtomio. Precisava encontrá-lo e mostrar-lhe que havia outros soldados corajosos que seriam perfeitos para sua busca.

◆

CAPÍTULO 16

OS GUARDIÕES

Quando acordei, contei aos meus novos amigos o propósito da minha viagem a Samaris e minha intenção de entrar sorrateiramente na cidade para encontrar Chtomio.

— Você está fora de si — disse Daerec.

Enyac concordou:

— Os Guardiões vão matá-lo no momento em que você tentar entrar na passagem.

— Mas estou vestido como um cromo Vermelho — respondi. — Por que eles não me deixariam passar?

— A entrada em Samaris é proibida a qualquer pessoa que não seja ashi ou sayi.

— Os sayis passam pela passagem da esquerda e os ashis entram pela direita. Para manter sua cabeça presa ao corpo, você deve mostrar a marca que prova que é um sayi ou um ashi.

— E se eu apenas disser que perdi minha marca?

Ambos riram.

— Qual é a graça?

— A marca é um símbolo tatuado em seu braço, dado apenas a sayis e ashis. Você não pode perder seu braço! Não a menos que peça a um dos guardas que o corte por você.

— Que tipo de símbolo?

Eles desenharam um "A" e um "S" na poeira do chão batido. Foi a minha vez de rir.

Os dois irmãos se entreolharam.

— Meu amigo Chtomio tem um "A" em seu braço esquerdo, por isso deve ser um nobre. Outra razão pela qual preciso falar com ele. Então, tudo o que preciso é desenhar um "A" no braço.

— Podemos ajudar você com isso — disse Enyac, remexendo o interior de um saco de lona, do qual tirou uma pequena tigela cheia de um líquido escuro. — Extraímos este pigmento de chocos e lulas.

Ele apontou para as decorações nas paredes.

— Eu uso para desenhar as criaturas que capturamos — disse ele. — Me dê seu braço esquerdo.

Ele pegou uma vareta e em poucos segundos pintou meticulosamente um belo "A" no meu braço.

— Pronto! — exclamou quando terminou, satisfeito por seu trabalho. — Meu amigo, você acaba de se tornar um ashi!

Daerec fez uma observação cautelosa:

— Não pode ser tão fácil assim — comentou.

— Só há uma maneira de descobrir — respondi.

— Seu amigo deve ser muito importante se você está disposto a arriscar sua cabeça por ele.

— Eu devo a ele minha vida — expliquei.

Eles se entreolharam.

— Vamos, então. O mínimo que podemos fazer é acompanhar você até os portões.

— Não, vou sozinho. Se eu for pego como um impostor e eles virem os dois comigo, podem matar vocês também.

Daerec apertou meu braço com força.

— Se você conseguir sair vivo, saiba que sempre haverá um lugar para você em nosso tartan. Tenho certeza de que podemos fazer de você um bom marcromo.

— Espero te ver novamente — acrescentou Enyac, soando como se pensasse que provavelmente não me veria mais.

— Tenho certeza que vai — respondi.

Antes de voltar para o pé da montanha, eu me limpei no mar, em parte para me livrar do fedor de peixe (nenhum nobre que se preze gostaria de cheirar como um marcromo), mas também para ter certeza de que a marca que Enyac pintou não desapareceria facilmente. E, de fato, ela permaneceu, como se fosse uma marca de nascença. Fiquei empolgado por descobrir que Chtomio era um nobre. Ao aproximar-me da entrada de Samaris, pude sentir o entusiasmo crescer. Logo meu amigo e eu nos reencontraríamos.

Quando cheguei aos dois túneis de entrada para a cidade, não havia sinal dos mendigos de antes. Naquele momento, cromos e carroças saíam e entravam nos túneis. Cromos comerciantes Amarelos e Laranja formavam uma fila ordenada, com carruagens que levavam alimentos, roupas e metais empilhados. Na frente deles, havia uma fila de carroças vigiadas por cromos Vermelhos, cada uma com sacos de sal empilhados. Os cromos comerciantes Amarelos e Laranja esperavam as carroças vermelhas serem conduzidas até eles, para em seguinda descarregarem suas mercadorias dentro delas. Recebiam os sacos de sal em troca (não pude deixar de notar que os cromos Vermelhos deixavam os cromos Amarelos e Laranja fazerem toda a carga e descarga por conta própria). Em seguida, as carroças cheias de mercadorias estrangeiras eram conduzidas para dentro das passagens por dois cromos Vermelhos, e as carroças que levavam os sacos de sal eram guiadas pela estrada pelos cromos comerciantes das outras Nações. Um cromo Vermelho, que supervisionava a movimentação, ditava direções o tempo todo: esquerda para os sayis, direita para os ashis. Era tudo muito rápido e eficiente, como se esse tipo de comércio e escambo já acontecesse há mais tempo do que qualquer um poderia se lembrar.

Ocorreu-me que, com todas as idas e vindas, talvez os guardiões dentro do túnel estivessem menos propensos a verificar minha marca. Era hora de agir. Passei pelas carroças e pelos cromos comerciantes Amarelos e Laranja e fui em direção ao cromo supervisor Vermelho, que inspecionava as peças de vestuário em uma carroça laranja.

— Sayi! — gritou ele.

As mercadorias enviadas através do túnel dos sayis valiam muito menos sacos do que as que passavam pelo túnel dos ashis. Um cromo Laranja sacudiu a cabeça em desaprovação, mas logo começou a descarregar pilhas de longas capas de veludo, recolhendo seus sacos de sal em troca.

Passei pelo cromo supervisor e me dirigi para a passagem correta, sob o deus Adio, por onde somente os nobres ashis podiam seguir. O cromo virou a máscara na minha direção enquanto eu ia. Parei, temendo que ele dissesse alguma coisa, mas, em vez disso, ele apenas assentiu com a cabeça e fez uma ligeira reverência. Retribuí com uma ligeira inclinação de cabeça e segui em direção ao túnel.

Por um instante, caminhei na completa escuridão rumo a uma brisa fresca que soprava, vinda da cidade, trazendo consigo um cheiro de frutas cítricas e pinheiros.

Após alguns minutos, um brilho de luz à frente iluminava quatro enormes corpos de pé, cada um deles do tamanho de pelo menos dois cromos normais. Eu reconheci as máscaras cinzas que pareciam caveiras e os mantos vermelhos como sangue. Aqueles eram os Guardiões dos Portões. Um deles segurava uma cimitarra, cuja lâmina refletia as chamas das tochas queimando no alto das muralhas.

— A marca! — gritou um deles.

Enrolei a manga esquerda e me certifiquei de que o "A" estivesse visível. O líquido marinho que Enyac utilizara ainda estava vívido em minha pele. Um dos guardiões se aproximou e examinou meu braço de perto. Eu estava realmente com medo de que, estando tão perto de mim, ele pudesse ouvir meu coração batendo alto no peito. Depois do que pareceu uma eternidade, ele olhou para mim e disse:

— Obrigado, ó nobre rapaz!

Então os quatro se curvaram em uníssono.

Segui em frente. Meu fôlego e meus batimentos cardíacos voltaram ao normal gradualmente. Na verdade, eu estava começando a gostar bastante das reverências. O mais importante de tudo, porém, era que eu tinha conseguido! Estava em Samaris!

Eu já deveria saber que, quando as coisas parecem boas demais para serem verdade, quase certamente é o caso. Os deuses gostam de punir o orgulho e a complacência tola. Eu havia chegado em outra estação dentro do túnel, onde não havia portões, apenas barras de ferro bloqueando a passagem. O meio da grade de ferro era composto por uma jaula metálica do tamanho de um cromo. Ela estava aberta, mas sua porta tinha numerosos espinhos pontiagudos. Uma vez fechada, aquela jaula se tornaria uma câmara da morte.

As palavras de advertência de Daerec voltaram para me assombrar. *Parecia muito fácil.* Ele estava certo. Que idiota eu fora ao pensar que uma marca era tudo o que seria preciso para entrar! Naquele momento, estava preso dentro do túnel, sem nenhuma maneira de voltar, e o caminho à frente prometia uma morte quase certa.

Havia uma carroça em frente à entrada da jaula, e um guarda Vermelho descarregava o conteúdo da caçamba. Ao ver que eu estava atrás da carroça, ele fez um gesto para que eu me aproximasse.

— Por favor, nobre, vá em frente. Não quero atrapalhá-lo.

Não tive escolha. Aos poucos, passei pela carroça até chegar à jaula. A porta com espinhos estava aberta. Talvez a jaula fosse apenas uma relíquia sinistra de tempos mais antigos, tentei dizer a mim mesmo. Talvez já não funcionasse mais. Do outro lado das barras, uma sombra se materializou das muralhas. Sua máscara era branca com um círculo vermelho na testa. Ele estava de frente para mim do outro lado da jaula.

— Você vai ficar aí parado ou vai passar? — disse impacientemente.

Logo atrás, o outro guarda descarregando as mercadorias me encarava.

— Está tudo bem, nobre guardião? — perguntou ele ao cromo atrás das grades com o que pareceu um tom distinto de suspeita em sua voz.

Estava convencido de que era o meu fim. Os deuses finalmente me castigariam por minha insolência. Virei-me para a porta e hesitei, esperando que pelo menos fosse rápido e que eu não sentisse dor. Contei mais de dez espinhos. Eles me atravessariam como um melão fresco. Dei um passo adiante dentro da jaula e olhei para o guardião Vermelho à minha frente.

Ele puxou uma alavanca e a porta se fechou atrás de mim. Eu me preparei para o inevitável fim, para meus últimos e curtos segundos neste mundo, mas o tempo passou e nada aconteceu. Os espinhos permaneceram a um palmo de distância das minhas costas. No mesmo instante, o cromo pôs uma mão em outra alavanca. Estava conectada a um mecanismo que, caso se soltasse, lançaria a porta com os espinhos em mim. Ele aproximou-se de minha máscara e sussurrou algo que eu não entendi.

— O quê? — perguntei.

— Eu disse: a senha — murmurou ele.

Olhei para baixo e o vi apertar a mão na alavanca.

Meu destino já estivera nas mãos dos deuses mais de uma vez, e eu sabia que ir até lá significava desafiar a benevolência deles novamente. Contudo, parecia que eu finalmente tinha testado demais a paciência deles. Como eu poderia adivinhar a senha que os nobres deram uns aos outros para ter acesso a Samaris?

Mas se os deuses estão ao seu lado, tudo é possível. Qual é a coisa mais nobre a se dizer a alguém? Eu tinha um palpite e apenas um. A palavra ou palavras mais nobres. Quais seriam elas? E, ali mesmo, naquele instante, quatro delas surgiram em minha mente, como se tivessem sido colocadas ali pelos próprios deuses. Ao deixarem meus lábios, não havia uma sombra de dúvida em minha mente de que elas salvariam minha vida.

— Vermelho é teu coração.

As barras da jaula à minha frente se abriram com um rangido. Caminhei adiante, oferecendo orações de agradecimento aos deuses por terem enviado Tiara até mim.

O túnel continha uma longa escadaria feita de pórfiro vermelho. Subi as escadas e, através de janelas que surgiram no topo, a cidade de Samaris se abriu para mim em todo seu esplendor. As torres e estátuas que eu vira do lado de fora escondiam graciosos terraços cheios de fontes e jardins. A água dos chafarizes caía dos terraços mais altos até chegar a um lago. Havia grandes escadas no centro de cada terraço, com escadas menores adjacentes. Eu suspirava aliviado. Estava livre! E devia isso a Tiara. Havia muito mais naquela pequena criança do que os janis me levaram a acreditar.

Ao sair da passagem, encontrei-me em um espaço aberto a meio caminho da montanha. Dali, pude ver uma muralha que dividia a montanha em duas, entre construções inferiores e superiores. Não demorei muito para perceber que os sayis viviam abaixo, enquanto os nobres ashis desfrutavam da parte superior da cidade. Não havia tempo a perder. Eu estava lá por uma razão: encontrar Chtomio.

A praça aberta estava ocupada por cromos, que se dividiam em vários grupos, todos em torno de um ou dois oradores. Fui até o grupo mais próximo de mim.

— É um escândalo, meus companheiros ashis! E temos que fazer algo a respeito — disse um dos oradores.

Os outros assentiram com a cabeça, concordando. Eu me aproximei para ouvir. Certamente, devia ser uma questão importante para o reino deles.

— Cultivar apenas amendoeiras neste terraço é um ultraje! Precisamos de mais cítricos!

— Você não poderia estar mais errado, meu caro amigo — respondeu outro. — Deveríamos plantar novas variedades. Em Papylia, eles têm as mais belas flores…

Fui para outro grupo, onde procurei por Chtomio entre as várias máscaras, mas também não o vi. Ali, a conversa era sobre comida.

— Os Cromos Amarelos sem dúvida produzem a melhor carne, muito melhor que a dos Cromos Laranja!

— Que bobagem! Alguma vez você já provou carne bovina dos Cromos Laranja? Ela derrete na boca.

— Nobres amigos — interrompi. — Pergunto-me se alguém viu o nobre Chtomio hoje?

Os dois cromos briguentos pararam imediatamente de falar e se viraram para me encarar.

— Não conhecemos nenhum Chtomio, jovem companheiro, e sugiro que você tenha cuidado com seus modos. Não é agradável interromper quando duas mentes estão engajadas em debater questões tão difíceis.

E antes que eu pudesse responder, eles voltaram à sua discussão, desta vez sobre qual território produzia o melhor queijo.

Surpreendido, caminhei por outros pequenos grupos de nobres, na esperança de obter uma reação diferente. Todavia, parecia que ninguém conhecia meu amigo.

Fui para o terraço seguinte, onde um grupo de cromos Vermelhos tocava música, enquanto outros estavam ocupados acendendo velas. Lá, uma multidão grande e bem-vestida se reunira para dançar em um pátio de mármore vermelho e branco, como um tabuleiro de xadrez. Fitas prateadas cintilantes penduradas em cada galho de árvore ao longo do terraço banhavam os dançarinos com o reflexo brilhante dos últimos raios do sol. Duas fileiras de jovens cromos, homens e mulheres, estavam formadas em lados opostos. As cromos usavam máscaras brancas com grossos lábios carmesins. Cada uma delas estava enfeitada de forma única, com cores vivas e ornamentos como pétalas de flores, arcos, estrelas e joias que destacavam os olhos. Elas vestiam mantos e túnicas de seda branca e felpuda que encobriam suas finas silhuetas. Não pude deixar de ficar impressionado com a beleza delas. Os cromos masculinos usavam máscaras vermelhas com padrões pretos na testa e na boca e mantos de veludo vermelho.

Um cromo mais velho começou a soar um gongo de prata, de onde um som incomum e bastante assombroso ressoou. Um a um, os cromos saltaram para o meio do piso quadriculado e fizeram uma reverência ao sexo oposto, antes que todos formassem casais. Os músicos começaram a tocar melodias em instrumentos de cordas, enquanto cada casal começava uma dança sinuosa que os aproximava e os forçava a se afastar, separando-os como se houvesse uma parede invisível. Os dançarinos provocavam um ao outro, ao mesmo tempo que moviam as palmas das mãos, quase tocando seus pares na dança, antes de se afastarem novamente. Era encantador e estranho.

Então, a música parou, e um arauto gritou:

— Mais uma vigília até a festa das velas!

A música recomeçou, mas a próxima canção não era tão cativante. Muitos dos cromos mais jovens foram distraídos por um malabarista brincando com tochas em chamas.

— Olhem para a Princesa — sussurrou uma senhora a outra cromo. — Bela e deslumbrante como sempre.

Olhei na direção em que as duas mascaradas estavam olhando e reconheci a máscara de pérolas da Princesa Cestia. Era ligeiramente diferente da que eu vira na *Ferya*, porque só cobria metade do rosto dela, expondo a boca e o queixo, algo incomum em Axyum. Ela tinha os lábios grossos, cor de cereja, e sua testa estava decorada com pétalas de flores que se estendiam pelo topo da máscara e se entrelaçavam em seu cabelo, todas da mesma cor vermelha que o manto de seda que ela usava.

Por um instante, realmente acreditei que ela viera dos céus. Eu me aproximei dela. Seu cheiro exalava os odores de rosas e framboesas. Tentei me concentrar no malabarista, mas não consegui resistir a observá-la fixamente. Ela era quase tão alta quanto eu, com longas e finas mãos brancas que ela levava ao peito enquanto observava o malabarista. Seus longos cabelos pretos flutuavam na brisa. Um fio tocou meu rosto.

— Não vai dançar, Vossa Alteza? — perguntou alguém por trás dela.

Ambos nos viramos para encarar um jovem cromo nobre de nossa idade.

A Princesa Cestia lhe lançou um olhar fixo e então, com uma voz calma, mas firme, respondeu:

— Por que eu deveria dançar quando tantos de nossos súditos sofrem?

— Então, por que se dar ao trabalho de assistir a um malabarista? — respondeu o cromo com um tom arrogante em sua voz.

— Sua insolência é irritante como de costume, Erai — retrucou ela.

— E sua beleza é deslumbrante como sempre, Cestia.

Ele se curvou e foi até um canto onde outras jovens ashis estavam conversando e rindo juntas.

Cestia percebeu minha presença e se voltou para mim.

— Não posso reconhecê-lo com a máscara que usa. Em todo caso, a resposta é não para você também. E pare de me seguir por aí.

Eu me curvei.

— Estive entre os janis e concordo com você. Não posso tolerar discussões superficiais sobre plantas e árvores para ornamentar Samaris enquanto, além das muralhas, as crianças do reino morrem por falta de comida.

Enquanto falava, deixei que minhas emoções se apoderassem de mim um pouco mais do que eu planejara. Lembrei de quando minha mãe e eu ficamos esperando que alguém do Palácio dos Anciãos de Axyum viesse nos contar sobre a morte de meu pai. Eu ainda ardia de raiva pelo que o Grande Ancião tentou fazer com minha mãe. A cor e as cidades mudaram, mas a arrogância e a injustiça permaneceram.

— Suas palavras soam excepcionalmente sinceras — disse ela num tom intrigado —, mas eu não reconheço sua máscara. Quem é você?

— Não importa quem eu sou — respondi. — Mas vi com meus próprios olhos o alto preço que muitos cromos pagam por terem nascido do lado errado das muralhas. Me anima saber que você sente a mesma raiva e compaixão que eu sinto.

A música recomeçou.

— Dance comigo — disse ela.

Naquele instante, o cromo que se aproximara da princesa antes me empurrou com violência por trás, fazendo-me perder o equilíbrio. Eu caí no chão com força, lascando parte da minha máscara, enquanto ele e seus amigos riam.

— Que tipo de máscara é essa que você tem, que quebra tão facilmente? — disse ele. — Quem é você, afinal?

— Erai, pare com isso! — disse Cestia.

— Não vai dançar comigo e ainda vai dançar com *ele*? Olhe para ele! Não tem sequer um manto. Pelo que sei, pode ser simplesmente um janis disfarçado!

— Você não deveria ter me empurrado, Erai — sibilei, enquanto me levantava.

Ele hesitou no início, mas, incitado por seus amigos, respondeu:

— Você me conhece, mas eu não o conheço. Essa não é uma situação que me agrada. Diga seu nome.

— Eu me chamo Chtomio — falei.

Ele deu uma estranha risada.

— Chtomio? Que tipo de nome é esse? Chtomio! Não é um nome ashi. Mesmo um janis se sentiria envergonhado de ter um nome como esse! Só posso presumir que seus pais estavam bêbados como de costume no dia em que você nasceu.

Ele estava realmente começando a me enervar.

— É um nome Vermelho — respondi. — Tão antigo quanto nobre.

— Não, não. *Meu* nome é antigo e nobre. Ele vem de Erai, o deus da caça, e significa valentia e bravura. O que significa seu nome, *Chtomio*?

Infelizmente, nós, Cromos Pretos, não somos conhecidos pela paciência.

— Significa "alguém que está prestes a fazer um tolo tagarela cair tão forte no chão que esquecerá seu próprio nome" — retruquei.

Seus amigos rugiram em gargalhadas. Ser humilhado de tal forma era demais para Erai, que veio para cima de mim. Ele era grande, mas também era fraco, lembrando-me dos sacos pesados usados no *phersu,* em Axyum. E, assim como aqueles sacos cheios de banha de porco, eu facilmente me desviei de sua investida, atingindo-o apenas com meu pé, fazendo-o tropeçar e cair longe. Ele tombou com força, cortando o vento com um grito alto e lamurioso.

— Já chega! — disse uma voz autoritária.

Era o Ministro Oris. Tarde demais para me dar conta de que deixar minhas emoções levarem a melhor sobre mim fora uma coisa muito insensata de se fazer. Eu chamara a atenção errada para mim mesmo. Muitos dos cromos adultos do terraço abaixo estavam subindo as escadas para ver o porquê de todo aquele alvoroço. Outros desceram do terraço acima de nós.

— Diga quem você é ou tirarei sua máscara na frente de todos!

Então, outra voz surgiu, uma voz que fez todas as cabeças se virarem, em reverência e respeito imediatos.

— Isso não será necessário, Oris. Eu em pessoa falarei com este jovem cromo, de cabeça quente e impetuoso, em particular.

Era nada mais nada menos que o próprio Rei. Sua coroa dourada e sua máscara vermelha brilhavam com o reflexo das muitas velas acesas sobre ele, e sua túnica vermelha e dourada ostentava um brasão exibindo os dois deuses guardiões Vermelhos, Adio e Adia. Enquanto ele passava pelos outros nobres, todos se ajoelhavam rapidamente. Quando me alcançou, fiz o mesmo.

— Venha, jovem Chtomio, acompanhe-me ao meu castelo.

— Ele não começou, pai! — disse Cestia, saindo em minha defesa.

— Nesse caso, ele nada tem a temer — respondeu o Rei.

Então, olhando para os músicos, o Rei ordenou:

— Retomem a música e a dança! A festa das velas está prestes a começar!

Quando os jovens cromos voltaram ao piso quadriculado para começar uma nova dança, os dois guardas do Rei se certificaram de que eu o seguisse enquanto ele subia os degraus dos terraços. Ao subirmos cada vez mais alto até o topo da cidade, vi alguns nobres apontarem para mim e sussurrarem entre si. A maioria não estava fazendo nada, apenas sentada do lado de fora de suas casas, conversando, comendo e bebendo. Em Axyum, tanto os cromos homens quanto mulheres estariam ocupados em suas tarefas, mesmo à noite. Em Samaris, tudo parecia estar parado. Os cromos masculinos pareciam flácidos e fracos. Eles certamente não eram páreo para os corpos fortes e definidos dos cromos Pretos guerreiros. Como era possível que os Cromos Vermelhos tivessem derrotado os Cromos Pretos na última guerra? Talvez tenha sido graças aos sayis, a casta do meio.

O castelo cor-de-rosa ficava no patamar mais alto, no topo do penhasco. As mil tochas que iluminavam suas torres faziam parecer que o próprio sol tinha decidido repousar ali durante a noite. Lá dentro, passamos por um pátio coberto e repleto de árvores e plantas que eu nunca vira antes. No meio, havia um pavilhão feito da mesma pedra do castelo. As três cromos que estavam lá dentro, cantando odes, pararam abruptamente quando passamos.

Dentro da torre, fui levado para o salão do trono. As tochas nas paredes resplandeciam, cintilando luz por toda a espaçosa câmara. Atrás de um trono dourado na extremidade mais distante, um enorme vitral vermelho cobria a maior parte da parede. O piso era decorado com um mosaico ornamentado redondo, retratando a mesma imagem de Adio e Adia que o Rei ostentava em seu brasão de armas.

O Rei se virou para os dois guardas.

— Deixem-nos.

Eles se curvaram e se retiraram imediatamente, fechando as portas atrás de si.

— Tire sua máscara — ordenou o rei.

— Vossa Majestade — respondi de forma hesitante —, há algo que preciso explicar...

— Retire-a — disse ele. — Não tenha medo.

Fiz o que ele pediu, devagar.

O Rei não disse nada, apenas me encarou com olhos penetrantes por trás de sua máscara.

— Você me desobedeceu — disse ele, enfim. — Eu o proibi de vir aqui.

Eu pensara desde o início que ele me parecia familiar, mas tinha descartado essa possibilidade. Como poderia ser? Porém, quando ele retirou a própria máscara, as provas estavam lá, na minha frente. Minha busca por Chtomio terminara, da maneira mais inesperada possível.

— *Chtomio*! — exclamei.

Estendi os braços para abraçá-lo, mas ele deu um passo atrás.

— Não era para você vir aqui — disse ele.

Seu rosto parecia cansado.

— Você devia esperar onde eu o deixei.

— Mas você nunca mais voltou para me ver — respondi. — Eu esperei tanto tempo. Pensei que talvez algo tivesse acontecido com você, então decidi vir te procurar...

— Você deveria ter ficado onde estava — insistiu ele, sua raiva e desagrado eram claros.

Senti-me tonto, como se o chão firme sobre o qual me encontrava pudesse desmoronar a qualquer momento. Aquela não era a reação que eu esperava, nem ele era o cromo que eu pensava que fosse. Uma série de perguntas se formou em minha mente.

— Eu estava preocupado com você — expliquei, desesperado para aliviar seu descontentamento. — E agora que o encontrei, não sei o que ou quem você é.

À medida que a surpresa de nosso reencontro diminuía, minha perplexidade aumentava.

— Como isso é possível, meu amigo? Como você pode ser rei?

Ele se virou e caminhou nervoso pelo piso de mosaico.

— Você é um velho cromo sábio? — continuei. — Um arlequim inescrutável ou um rei poderoso? Você é um governante compassivo que salvou a vida de um jovem cromo ou um tirano perverso que despreza a vida de seus próprios irmãos? Dificilmente alguém poderia ser todas essas coisas!

— Eu o adverti das diferenças entre Samaris e as outras cidades, não é verdade? — disse ele. — Você deveria ter me escutado! Agora você colocou nós dois em perigo! Entende isso?

— Perigo? — retruquei, estupefato. — Que perigo? Você é o Rei dos Cromos Vermelhos! Pode fazer o que quiser!

— Eu posso fazer o que eu quiser? — zombou ele. — Escute a si mesmo! Devo assumir minha parcela de culpa por esquecer como você ainda é jovem e ingênuo! Há tantas coisas que você não conhece, Asheva, tantas complexidades políticas que nem conseguiria começar a entender. Eu poderia falar delas a noite toda, e você ainda não chegaria perto de compreendê-las. Tenho inimigos tanto fora quanto dentro destas muralhas, assim como acontece na sua Axyum, você entende? Não, claro que não entende. Como poderia? Você é apenas um jovem cromo Preto que fugiu de casa, então não espero que me entenda.

Seu tom desdenhoso e depreciativo me impactou. Era minha vez de transparecer raiva, de *estar* com raiva.

— Isso é tudo o que você tem para dizer? Eu arrisquei minha vida para entrar em Samaris, tentando encontrá-lo, e é assim que você me trata?

— Você não está ouvindo o que estou dizendo. Você arruinou meus planos! Você deveria ter esperado onde eu o deixei.

Talvez tenha sido o cansaço ou a dureza que eu vira nos rostos dos janis, mas algo se quebrou dentro de mim. Eu não via mais Chtomio com os mesmos olhos que eu vira até então.

— Esperar? Por quanto tempo? E esperar pelo quê? Para me tornar o Grande Ancião em Axyum? É o que você teria me mandado fazer? Ficar lá naquela floresta e ver a vida passar na minha frente?

— Você deveria ter confiado em mim — insistiu ele.

— Eu confiei em você, mas, depois de todo esse tempo que passei sozinho, percebi que minha vida é minha.

— Você quer voltar para Axyum, não quer? — perguntou ele, ignorando o que eu disse. — Para tentar libertar sua mãe e todos com quem você se preocupa da tirania e das mentiras dos Anciãos?

— É claro.

— E você acha que sabe como? Após todo esse tempo sozinho com seus pensamentos, de repente você se tornou sábio? Você acha que sabe mais do que eu?

Balancei a cabeça.

— Eu simplesmente não suportava mais me esconder e ser um fugitivo — expliquei.

— Então, ao vir aqui, você tornou as coisas melhores? — disse ele.

— Por que está sendo tão duro comigo?

— Porque você me desobedeceu! — trovejou Chtomio. — Eu precisava contar com você, precisava que confiasse em mim e fizesse sempre o que eu dissesse! Sempre!

— Bem, talvez se você me *contasse* seus planos, poderia ter sido mais fácil fazer o que você me pediu!

Retruquei, cansado de ser tratado como criança:

— Você mentiu para mim! — continuei. — Você me disse que era um arlequim e, em vez disso, você é um rei! Você prometeu que voltaria e não voltou. Você me disse para seguir sempre um caminho de retidão e, no entanto, seu reino está repleto de crueldade e injustiça! Eu já não entendo mais nada.

— Isso é porque você ainda é jovem.

— Não me trate como criança! — disse, interrompendo-o. — Arrisquei minha vida vindo aqui, então o mínimo que pode fazer é me dizer qual é seu plano.

Ele me olhou com fúria.

— Como você se atreve... — sibilou.

Não era o Chtomio que eu conhecera, mas eu não cedi nem um pouco. Ele se virou e se afastou em direção ao trono.

— Quando o conheci, em suas patéticas vestes verdes — disse ele —, percebi *imediatamente* que você era um cromo Preto; não apenas isso, mas que você era *o* cromo Preto, o fugitivo que assassinou o Grande Ancião.

— Como? — perguntei, surpreso.

— Você era puro de coração. Queria se vingar dos Cromos Pretos pela injustiça que sua família sofreu, e eu queria me vingar da morte de meu filho. Pensei que talvez o destino tivesse decidido fazer nossos caminhos se cruzarem. Você seria a chave para ambas as nossas vinganças.

— Mas você venceu a guerra! Não é vingança o suficiente? E você também disse que queria uma paz duradoura entre os Cromos Pretos e os Cromos Vermelhos.

— Ainda quero, e você poderia ser a chave para tal paz. Com o tempo, eu poderia tornar você o Grande Ancião, e você faria o que quisesse em Axyum, sabendo que os Cromos Vermelhos o apoiaram.

— Você queria que os Cromos Pretos fossem controlados pelos Cromos Vermelhos?

— De certa forma, sim.

— E os arlequins? E suas palavras sobre fraternidade? Eram todas mentiras?

Chtomio permaneceu em silêncio.

— Você é um arlequim ou não, Chtomio? Responda!

— As mentiras que contei foram para o bem de ambos.

Mais uma vez eu fora traído, pelo próprio cromo em que eu depositara todas as minhas esperanças. Eu não estava mais prestando atenção às suas palavras. Ele tinha me usado.

— Você não deve se desesperar, Asheva. Cada palavra que eu lhe disse sobre os cromos e arlequins é verdade. E eu acredito na fraternidade, mas alguém precisa liderar e decidir, para o bem maior de todos.

— Alguém como você, é o que quer dizer? Do jeito que lidera aqui em Samaris? Com castas e injustiça?

Ele suspirou.

— Há muitas coisas que você não consegue entender sobre os costumes dos Cromos Vermelhos porque você não é um!

— Posso não ser um cromo Vermelho, mas conheço bem seus costumes. Não são diferentes dos costumes dos Cromos Pretos. Os que estão no poder usam a força e a enganação para manter os outros sob controle.

— Já chega, Asheva! Você não é rei! Você não sabe o que significa ser um governante!

As portas da sala do trono se abriram.

— Pai?

Era a Princesa Cestia.

— Está tudo bem?

Quando a princesa me viu sem a máscara, ela se voltou para o Rei novamente.

— Quem é ele? — perguntou.

Eu permaneci em silêncio. Chtomio disse:

— Vá, meu amor. Estarei com você em breve.

Cestia se curvou diante dele e, com um olhar incerto para mim, partiu relutantemente. Quando a porta se fechou, Chtomio falou, com um embargo em sua voz.

— Você deve sair e voltar para a floresta de pinheiros. Este não é seu lar, e eu não posso protegê-lo aqui.

— Espere... Chtomio...

— E fará isso agora!

— Mas...

— Silêncio e escute! Os guardas o acompanharão para fora das muralhas da cidade. Você deixará Samaris ao amanhecer, está ouvindo? Voltará para onde estava e aguardará minhas ordens.

Nunca mais porá os pés em Samaris. Fui claro?

Eu o ouvi com um nó na garganta, tentando ao máximo reprimir minhas emoções. Rapidamente, recoloquei minha máscara.

— Eu não quero ser protegido. Depois do que vi, não quero ter nada a ver com seus planos. Sou livre e pretendo continuar assim pelo resto da minha vida. Livre dos Cromos Pretos, livre dos Cromos Vermelhos ou de qualquer outra cor que seja.

— Saiba de uma coisa, então — alertou ele. — Indo contra mim você não tem nada a ganhar e tudo a perder. Pense nisso no seu caminho de volta ao território Violeta.

Então, sem esperar por uma resposta, ele chamou os guardas e ordenou-lhes que me escoltassem em segurança para fora de Samaris.

Com pesar, fui embora. De volta ao jardim, vi o Ministro Oris me encarar. Ele estava esperando para ver o que o Rei planejara para mim.

Os guardas me levaram pelos terraços, que estavam então todos enfeitados com velas. Passamos pelo pátio quadriculado, onde cromos de todas as idades pareciam estar envolvidos em um jogo onde cada um tentava apagar a vela dos outros, enquanto protegia sua própria chama. A única que não estava participando era Cestia. Ela se afastou do pátio e me observou por trás de sua máscara enquanto eu era levado. Eu queria dizer muitas coisas a ela, mas os guardas me apressaram. Mal sabia eu, naquela altura, em que circunstâncias terríveis nós nos encontraríamos novamente.

◆

CAPÍTULO 17

AURORA DA ESCURIDÃO

Os guardas me acompanharam pelo túnel ashi, passando pela jaula onde eu estivera horas antes, convencido de que seria empalado por espinhos, e me encaminharam ao longo da passagem escura até chegar ao lado de fora das muralhas, passando pelos portões às sombras de Adio e Adia. Depois de se certificarem de que eu não faria nenhuma tentativa de entrar novamente na cidade, eles voltaram para dentro. Ouvi o som do rangido dos portões e o eco da batida que emitiram ao serem fechados. Eu estava sozinho. Não demorou muito para que eu fizesse o que sentia vontade de fazer desde que Chtomio me revelou sua verdadeira face: fiquei de joelhos, levei as mãos ao rosto e gritei alto. Sentia-me vazio e completamente sozinho, mas também me sentia zangado, por ter depositado minha confiança em alguém que queria me usar.

Eu ansiava por minha vida antiga, minha mãe e minha casa em Axyum, por um mundo que fosse mais simples do que aquele em que eu fora jogado desde o momento em que fomos chamados ao Palácio dos Anciãos para sermos informados sobre a morte de meu pai. Quando finalmente me levantei e olhei para as estátuas de Adio e Adia, elas pareciam zombar de mim: "Olhem as lágrimas fracas e débeis do jovem cromo Preto inútil, implorando por nossa piedade!"

— Vocês não sabem nada de mim! — bradei a elas. — Nada!

— Asheva!

Um sussurro veio da escuridão.

— Quem é? — perguntei, virando-me na direção de onde veio.

— Por aqui!

Segui a voz até ver duas sombras caminharem à minha frente.

— Você conseguiu! — disse outra voz abafada.

— Você realmente conseguiu voltar vivo.

Daerec e Enyac, meus amigos marcromos, brotaram entre as sombras, vindo em minha direção.

— O que vocês estão fazendo aqui?

— Nós o seguimos desde que você partiu! — disse Enyac.

— Não achou que perderíamos isso, não é mesmo? Quero dizer, nunca ninguém tentou entrar em Samaris como você fez hoje! Ninguém!

Minha raiva diminuiu em um instante. Lá estavam dois amigos de verdade que tinham consideração por mim o suficiente para desistir da pesca e esperar a noite toda até que eu voltasse da cidade proibida. Nós nos cumprimentamos, e então eles me bombardearam com perguntas. Como eu conseguira entrar? Como era a cidade? As cromos nobres eram tão belas quanto todos diziam?

Contei a maioria das coisas que vira, desde os cromos mais velhos e seus debates acalorados sobre trivialidades inúteis até as danças dos cromos mais jovens, a beleza espantosa da Princesa Cestia e a maneira como eu fizera o bufão convencido chamado Erai pagar por sua arrogância. Essa última história fez os dois me olharem boquiabertos e com admiração.

— Você encontrou seu amigo? — perguntou enfim Daerec.

Para mim, mentir era mais fácil. Menos complicado. Como

poderia explicar o que ocorrera e esperar que fizesse algum sentido para eles?

— Não, eu procurei e perguntei por ele. Ele está viajando nos territórios, longe do Reino Vermelho.

Pensar em Chtomio me fez lembrar o que ele me pedira e imediatamente fiquei triste novamente.

— Meu tempo aqui está chegando ao fim, meus amigos. Devo deixá-los.

Eu não queria nada mais do que ficar com eles e me tornar um marcromo, mas faria o que Chtomio me pedira. Ele salvara minha vida, e eu ainda estava em dívida com ele.

— Para onde você vai? Voltar para o território Violeta? — perguntou Enyac.

Essa era uma pergunta para a qual eu não tinha resposta. Mas então uma ideia começou a se formar em minha cabeça.

— Ainda não sei — respondi. — Irei para onde o vento me levar. Serei livre. Por que vocês dois não vêm comigo? Eu mostraria cidades e lugares com os quais vocês nunca sonhariam.

Enyac virou sua máscara para seu irmão.

— Explorar novos territórios — disse ele, quase se engasgando com palavras de empolgação. — Imagine isso, Daerec!

— E ninguém os veria mais como janis, apenas como cromos livres — acrescentei.

Daerec permaneceu em silêncio.

— Pense sobre isso! — afirmei, olhando para ele.

Naquele momento, eu queria mais a companhia daqueles dois do que qualquer outra coisa.

— O que você tem a perder? Se ficar aqui, só vai enfrentar mais injustiça e miséria. Venha comigo e *viva!*

— Ele tem razão, irmão — concordou Enyac. — Qual é o objetivo de ficar aqui e desperdiçar nossas vidas nesses pântanos abandonados?

Daerec pensou por um minuto antes de responder.

— Venha por aqui — disse ele —, preciso lhe mostrar uma coisa.

Ele partiu na direção da colônia. Fiquei olhando para Enyac, que também não sabia aonde seu irmão estava indo ou o que veríamos. Caminhamos em silêncio na escuridão da noite, ouvindo apenas o som dos grilos que nos acompanhavam.

— Você está certo — ponderou enfim Daerec. — As coisas poderiam ser melhores para nós longe de nossa terra. Muito melhor.

Sua voz era pesarosa.

— Poderíamos ser tratados de maneira diferente, haveria novos lugares para ver, cromos para conhecer e costumes para aprender.

— Exatamente! — concordou Enyac. — Então, por que não vamos?

Tínhamos chegado a um ponto no caminho onde a vista da aldeia se abriu abaixo de nós. Daerec parou e indicou os barracos amontoados e as cabanas abandonadas reunidas entre o pântano e a beira da água, pouco iluminadas pelas estrelas acima de nós.

— Porque esta é a nossa terra. É onde nosso pai e nosso avô nasceram. Aqui é onde eu e Enyac crescemos. E é aqui que precisamos ficar e lutar pelo que é certo, assim como nosso pai fez.

— Mas ele morreu, Daerec — retrucou Enyac —, e nada mudou. Eu não quero morrer como ele. Eu quero viver!

— Você desrespeita a memória dele — repreendeu Daerec.

— Eu não! Você realmente acha que ele gostaria que vivêssemos como nós vivemos, se tivéssemos a chance de sair?

— Se partirmos, ele terá morrido em vão — considerou Daerec.

Então ele se voltou para mim.

— Não podemos ir com você, Asheva, sinto muito. Para o bem e para o mal, nosso lugar é aqui.

Observei aqueles dois. Ficou claro que Daerec teria a última palavra sobre seu irmão. Então, assenti com a cabeça.

— Eu entendo, mais do que você pode imaginar. E não era minha intenção fazer vocês discutirem. Vou embora sabendo que tenho dois amigos de verdade no Reino Vermelho.

— Sim — disseram, e todos sorrimos.

Conversamos e ficamos juntos até que vimos os primeiros feixes de luz rosa iluminarem o céu noturno. Foi quando decidimos que chegara o momento de seguir caminhos diferentes. Eles desceram em direção à colônia dos janis, enquanto eu caminhei para longe do pântano, em direção às planícies, para continuar minha jornada em outros territórios. Ou assim eu pensava.

Ao percorrer as planícies, saindo de Samaris, notei que um denso nevoeiro começara a cobrir a terra. O céu crepuscular colorira a neblina com um estranho roxo. Essa era considerada a cor da morte em Axyum.

Foi então que ouvi meu nome novamente.

— Asheva!

Era Tiara. Ela estava ofegante, e imaginei que deveria ter vindo correndo atrás de mim desde as cabanas dos janis. Os punhos dela estavam cerrados.

— O que está fazendo aqui? — perguntei surpreso.

— Você não se despediu — disse ela com raiva. — Seus amigos me disseram que você estava partindo. E nem sequer se despediu!

Eu não estava com disposição para lamentos.

— Você deve voltar agora para sua cabana! — disse, e me virei para ir embora.

Ela começou a chorar.

— Por que foi gentil comigo? Pensei que você era bom, mas, ao invés disso, você é mau, assim como todo mundo!

Eu parei e dei meia-volta.

— Volte para casa, Tiara — pedi.

Ela balançou a cabeça.

— Preciso ir, Tiara — falei, de forma mais suave. — Não posso ficar aqui.

— Me leva com você? — suplicou ela. — Minha mãe... ela disse que eu posso ir!

Pensei no que Daerec e Enyac tinham me contado sobre os pais dela e como provavelmente ambos estavam mortos.

— Olha, Tiara…

— Por favor?

Queria dizer a ela que não tinha para onde ir e que, por isso, não podia cuidar dela. No entanto, pensei sobre sua vida difícil entre os janis e como suas palavras salvaram minha vida no túnel de Samaris.

— Tudo bem — suspirei. — Você pode vir comigo, mas precisa fazer o que eu mandar, sempre. Sem argumentos.

Ela correu até mim e me abraçou com força, quase me tirando o fôlego enquanto seus bracinhos se agarravam com firmeza ao meu pescoço.

— Eu prometo.

— Não vai ser divertido! — alertei, segurando um sorriso por trás da minha máscara.

E assim partimos juntos na direção da grande estrada Canceriana.

Tiara começou a correr na minha frente.

— Olha o nevoeiro roxo! Ele é mágico — apontou ela, enquanto dançava e corria em círculos.

— Não se perca! — avisei a ela.

Olhei para Samaris uma última vez. Ela desaparecera no nevoeiro. Infelizmente, eu não podia fazer desaparecer meus sentimentos em relação a Chtomio. Não obstante, eu não podia ir contra a vontade do cromo que havia salvado minha vida.

Meus pensamentos então se desviaram para a Princesa Cestia, e uma sensação semelhante à saudade de casa brotou em meu coração. Naquele instante, Tiara me chamou.

— Vi uma árvore caminhando — disse ela, apontando para as planícies. — Elas podem fazer isso?

Instintivamente, peguei minha adaga e pus Tiara numa posição agachada ao meu lado. A visibilidade era ruim. Talvez tivesse sido algo imaginado por Tiara.

— Onde está? — sussurrei.

— Não consigo mais ver — sussurrou ela de volta.

Eu me concentrei e escutei. Um som de batida suave e contínuo emanou do chão.

— Consegui ver de novo — disse Tiara, apontando. — Ali!

Tentei ver através do nevoeiro. Sim, algo alto *estava* se movendo. Então percebi que era uma torre de cerco em movimento, usada por guerreiros para escalar muralhas de cidades e para dar-lhes altura de proteção, com o propósito de atirar flechas num inimigo. Mais torres flanqueavam a primeira. Para meu horror, toda a linha do horizonte estava inundada de soldados e armas! Suas bandeiras e estandartes de batalha eram de uma cor única e indubitável: preta.

— Quem são eles? — perguntou Tiara, amedrontada.

— O Exército Preto — respondi, mal conseguindo formar as palavras em meio ao choque.

Os guerreiros marcharam em nossa direção em um ritmo constante, e eu sabia o que estavam fazendo: queriam pegar os Cromos Vermelhos de surpresa. Fui tentado a deixar o Reino Vermelho abandonado ao seu destino, já que os Cromos Pretos eram, afinal de contas, meu povo, mas o pensamento durou apenas um segundo. Havia muita gente que significava muito para mim em Samaris, sem saber o que estava por vir. Eu não podia deixá-los à própria sorte. Peguei a mão de Tiara e começamos a correr.

Quando chegamos à muralha das estátuas, ordenei à Tiara:

— Encontre Daerec e Enyac. Diga a eles que os Cromos Pretos estão prestes a atacar a cidade. Os janis devem zarpar em seus tartans. O mar será seu único meio de fuga.

— Mas e você?

— Preciso avisar ao Rei. Nós nos encontraremos na praia.

— Mas eles vão matá-lo se você tentar entrar!

— Não há outra maneira de chegar ao castelo.

— Sim, há! Através das cavernas.

— Que cavernas?

— É um segredo que minha mãe me contou. Foi assim que ela e meu pai se conheceram.

— Eu não entendo — disse.

— Você quer ver o Rei, não quer?

Assenti com a cabeça.

— Então me siga!

Ela correu em direção ao mar e mergulhou.

— Depressa! — disse ela, quando sua cabeça emergiu em meio à espuma das ondas.

— Tudo bem — murmurei.

Tirei minha máscara e mergulhei. A água estava fria, tão fria que tive que me esforçar muito para mexer os braços e bater as pernas a fim de tomar impulso. Nadei acompanhando Tiara, a menos de um metro de onde as ondas batiam contra o penhasco.

— Respire fundo e me siga — disse ela, e mergulhou fundo debaixo d'água.

Meus pulmões pareciam estar esmagados pela água gélida, mas eu os enchi com o máximo de ar que pude e a segui. Tiara nadou com braçadas rápidas e certeiras, como se tivesse feito aquilo mil vezes, e seguimos até a frente da base do penhasco. Quanto mais fundo íamos, mais me perguntava para onde estava sendo levado e se teria fôlego para chegar à superfície novamente. Quando Tiara me chamou uma última vez, antes de se deixar levar pela corrente em uma grande caverna subaquática, meus pulmões pareciam estar cheios de carvão em chamas, e eu tinha certeza de que não estava mais do que a alguns segundos de me afogar. Ao me aproximar, também fui arrastado para dentro com a maré. Rezei aos deuses para me ajudarem a chegar a algum lugar onde eu pudesse respirar novamente.

Tudo estava escuro, mas a água já não era mais fria. Senti como se Adio estivesse me puxando para a superfície novamente com uma mão invisível. Quando emergi, tossi e inspirei longa e profundamente. Então, senti uma mão me tocar e percebi que Tiara flutuava ao meu lado. Notei de relance um ponto de luz e olhei para cima. Vi ali algo tão surreal e belo que, por um momento, pensei que tínhamos saído da caverna novamente, pois, certamente, acima de nós, estava o céu noturno iluminado por mil estrelas brilhantes. Eram cristais brilhantes incrustados no teto da caverna.

— Não pode ser! — arfei.

Como mágica, muitas das luzes escureceram repentinamente.

— Fale baixo! Se falar muito alto, vai assustar — sussurrou Tiara.

— Assustar quem? — perguntei.

— Os vermes brilhantes — respondeu ela —, mas eu os chamo de cintilantes. As cavernas estão cheias deles.

Saímos da água. Eu ainda estava estupefato com o espetáculo de luzes. Quando os cintilantes brilhavam, iluminavam até mesmo as partes mais profundas e escuras da caverna. As paredes estavam cheias de túmulos. Era ali que os habitantes de Samaris enterravam seus mortos, e era bem provável que fosse o lugar onde os pais de Tiara deviam estar enterrados.

— Por aqui — disse a pequenina enquanto avançava mais para dentro da montanha.

No início, nossos pés deslizaram pela água quente e borbulhante em uma encosta descendente, mas, depois, começamos a subir; em pouco tempo, o solo se transformou em rocha firme e seca. Seguimos nosso caminho por meio de um labirinto de estalactites de cristal. Tiara nos conduziu com confiança através dos túneis e das aberturas que seguiam sempre para cima, até que, enfim, entramos numa passagem pela qual senti uma corrente de ar. Em poucos minutos, chegamos ao final do trecho, que levava a uma gruta cuja saída conduzia ao jardim real do castelo.

— Eu disse que conhecia o caminho — sussurrou Tiara.

Concordei e murmurei:

— Você será considerada uma heroína por isso! Agora, preciso que volte para a praia e encontre Enyac e Daerec. Fale sobre o Exército Preto e diga a eles para partirem em seu barco, junto com você.

— E você? — perguntou ela.

— Vou ficar bem. Voltarei para te buscar.

— Prometa! — disse ela.

— Eu prometo. Agora vá!

Tiara correu para dentro da passagem de volta, em direção às cavernas, enquanto eu abria caminho silenciosamente pelo jardim. O nevoeiro estava agora bastante denso, tornando difícil para os guardas no topo do castelo me verem. Subi as escadas da torre em formato de chifre, em direção ao salão do trono. Quando cheguei ao topo, tive uma visão terrível. Dois dos guardas do Rei estavam junto à porta, com suas túnicas e mantos revestidos de sangue. Seus olhos sem vida me encararam através das máscaras. Meu sangue gelou enquanto eu pensava no que isso poderia significar para meu amigo. Reprimindo o medo e o pavor crescente, segui para o salão do trono.

A luz solar pálida filtrada através do vitral rubi atrás do trono banhava-o com um brilho carmesim. Para meu alívio, o Rei estava em seu trono, do outro lado da sala. O Ministro Oris estava ao seu lado.

— Chtomio!

Corri em direção a ele.

— O Exército Preto está a caminho! Eu vi com meus próprios olhos. Eles têm torres de cerco!

Chtomio não disse nada. Oris pôs-se à frente, desembainhando sua espada.

— Eu não tenho ideia de quem você é, e não me importo, particularmente. Tudo o que sei é que vai morrer agora.

Chtomio não se mexeu. Por alguns breves instantes, não consegui extrair sentido daquela cena. Ele não ia permanecer em seu trono e me deixar ser assassinado na frente dele, não é mesmo? E então, meu estômago revirou e senti como se dedos gélidos agarrassem meu coração. Percebi por que meu velho amigo não se mexera. Fui até ele e removi a máscara do seu rosto, derrubando sua coroa, que caiu com um som agudo e rolou pelo chão. Nunca esquecerei a desolação e a inércia de seus olhos, ou a forma como seus lábios se separaram, como se ele estivesse tentando me dizer algo. Meu amigo jamais voltaria a falar. Eu o puxei para frente e vi que suas costas estavam encharcadas de sangue. Então, ele desabou nos meus braços.

De início, só conseguia culpar a mim mesmo. Se eu tivesse ficado, poderia tê-lo protegido. Ele estaria vivo. Quando olhei para Oris, que naquele instante vinha até mim com sua espada, não senti medo, apenas uma erupção de raiva.

— Seu covarde assassino!

Saquei minha adaga e corri em direção a ele.

Oris não esperava tal fúria selvagem de um jovem. Apanhado de surpresa quando parti para cima dele, ele apenas conseguiu desviar de minha investida no último instante. Por pouco, quase consegui atingir seu abdômen. Enquanto se recuperava e brandia sua arma em direção ao meu pescoço, ele gritou para o lado de fora do salão:

— Guardas! Encontrei o assassino!

Ele desferiu um golpe com força contra mim, e teria acertado meu ombro se eu não tivesse saltado para o lado, colocando todo meu treinamento de *phersu* em prática.

— Você *sabe* como os deuses vão puni-lo? — gritei.

Ele lançou um olhar sobre o corpo sem vida de Chtomio, caído em seu trono.

— Aquele velho tolo era um traidor para o Reino Vermelho e os deuses. Eu fiz o trabalho deles. Quando os Cromos Pretos tomarem a cidade, minha palavra se tornará lei e quem me desobedecer também morrerá.

Então era isso. O ataque à cidade, a morte de tantos, tudo era parte do plano daquele monstro de tomar o Reino Vermelho para si. Ele avançou para cima de mim novamente com a espada. Não houve tempo para desviar, e ela perfurou meu ombro, fazendo-me largar a adaga. Parecia uma tocha queimando minha pele.

Oris me rodeou, parando um momento para apreciar sua vantagem.

— Na verdade, por que esperar pelos guardas e deixá-los ter o prazer?

Ele ergueu sua espada.

— Pai! — gritou uma voz por trás de nós.

Cestia passou pela porta. Quando ela atravessou a sala em direção ao trono, Oris se voltou para ela. Ele se distraiu apenas por um breve instante, mas foi o suficiente. Meu corpo estava estimulado por uma raiva que sentira apenas uma vez antes, quando vi o que o Grande Ancião fez com minha mãe. Eu chutei a espada da mão dele, peguei minha adaga e a enfiei em suas vísceras com um movimento vertical, profundo e preciso. Cravei a arma fundo, aproximando-me dele, para garantir que meus olhos, ardendo de fúria e vingança, fossem a última coisa que ele visse neste mundo.

— O que você fez? — gritou Cestia, correndo na minha direção quando Oris caiu no chão.

Ela me socou forte no peito e nos ombros e me estapeou no rosto.

— Responda!

Antes mesmo que eu pudesse pensar no que dizer a ela, um rugido estrondoso se elevou por toda parte e a sala começou a tremer com violência. Tijolos começaram a cair das paredes ao nosso redor e vigas se desalojaram do teto, desabando e provocando nuvens de poeira. Eu lutava para conseguir respirar. A força trovejante das explosões me lançou para longe do trono. Ao meu redor, estilhaços de pedra caíam. O trono dourado tombou de seu estrado, em cima de Chtomio, prendendo e esmagando seu corpo. Olhei ao meu redor à procura de Cestia, mas não consegui vê-la em lugar algum.

— Cestia!

Meus ouvidos zumbiam e minha cabeça latejava. À minha volta, havia poeira e fumaça. Caí de joelhos e rastejei pelo chão, chamando pela Princesa.

— Cestia!

Depois veio outra forte explosão, ainda mais feroz e brutal. Mais tijolos foram arremessados da parede e o chão começou a tremer de forma intensa. Uma rachadura se abriu e tudo começou a afundar. O castelo inteiro, do teto até a base, estava condenado. Consegui ver um pedaço do céu através de um enorme buraco na parede. Ouvi o barulho do Exército Preto se aproximando e gritos aterrorizados ecoando de cada canto da cidade.

Finalmente vi Cestia deitada perto de uma parede em ruínas. Fui até ela e vi que sua máscara havia caído. A poeira cobriu seu rosto, mas ela ainda respirava. Fiquei tão aliviado quando ela começou a tossir que, por um instante, esqueci minha própria situação terrível.

Ouvi passos se aproximando e entrando no salão. Então, através da fumaça sufocante, uma voz gritou:

— O Rei foi assassinado! O Rei está morto!

O que eu deveria fazer? Cestia não acreditaria em uma palavra que eu lhe dissesse, então eu não podia ficar. Mas para onde iria? Minhas escolhas eram limitadas e nenhuma delas era atrativa. Lutar para passar pelos guardas ou saltar através de um buraco na parede, rezando por uma aterrissagem suave?

Em uma fração de segundo, decidi passar pelo buraco que se abrira na parede e pulei. Ao me lançar ao ar, não tive mais do que duas batidas de coração para lembrar dos ensinamentos de aterrissagem e rolamento dos testes físicos no seminário. Atingi o chão com força, mas consegui diminuir o impacto ao rolar no pouso. Fiquei de pé e corri pelo jardim, em busca da entrada da gruta. Uma vez lá dentro, dirigi-me para a passagem que me levou de volta ao cemitério na caverna de águas quentes.

Desbravei túneis e passagens, sentindo a terra sacudir e tremer a cada novo tiro de canhão das torres de cerco do Exército Preto. Pedras caíram ao meu redor. Eu sabia que elas poderiam me aprisionar dentro das cavernas, onde corri o risco de ser esmagado ou sufocado até a morte. Tomei o caminho que levava ao mar aberto, mergulhei e, pouco depois, alcancei a superfície do oceano, mantendo a cabeça acima do nível da água. O sal queimou meu ombro ferido. Enquanto ofegava para respirar, vi acima de mim que a grande torre em formato de chifre do castelo despencava. Nadei o mais rápido que pude em direção à costa. Enormes estilhaços de pedra continuavam a ser arremessados, alguns mergulhando a poucos centímetros de mim. Depois do que me pareceu mil vigílias, cheguei à terra.

Demorou alguns minutos antes que eu tivesse energia para me levantar. Enquanto me deslocava pela praia, vi o último dos tartans dos janis ir para o mar. Rezei aos deuses para que Tiara estivesse em um deles, mas depois vi o tartan de Daerec ainda encalhado na praia. Caminhei em direção a ele. Atrás de mim, as torres de cerco atingiam incessantemente Samaris, explosões após explosões.

Passei entre pilhas de corpos de janis caídos na areia. Os soldados Vermelhos estavam ocupados defendendo Samaris, e os janis ficaram, mais uma vez, desprotegidos para enfrentar seu destino. Dois soldados Pretos perseguiram um velho janis em direção à água. Embora tentasse fugir, ele era velho e fraco e não tinha a menor chance. Eles o cercaram, tomaram um minuto para saborear a perspectiva do assassinato e, enquanto o janis implorava por sua vida, eles o dilaceraram por nada mais do que a pura diversão de um assassinato fácil. Senti um embrulho no estômago. Aqueles não eram os soldados Pretos que eu conhecera. Eles não eram como meu pai. Algo havia mudado, pois meu pai e sua legião nunca fariam tal coisa. Nem o ataque surpresa contra Samaris era algo que seria sancionado pelas Leis Coletivas. Nada mais fazia sentido: Oris assassinando Chtomio, cromos Pretos matando cromos desarmados. Os dois soldados cromos Pretos notaram minha presença e começaram a correr na minha direção. Eu ainda sentia a dor da ferida no ombro. "Pense, Asheva!", disse mentalmente. Permiti que eles chegassem a dois braços de distância de mim antes de me agachar, pegar um punhado de areia e jogá-la nas fendas dos olhos de suas máscaras.

Antes mesmo que tivessem tempo de arrancar as máscaras e

tirar a areia dos olhos, avancei com minha adaga para cima de um e cortei sua garganta. Enquanto o sangue jorrava e ele caía na areia com um baque satisfatório, agarrei sua espada e me virei para o outro, que olhou para mim, tentando decidir se deveria fugir ou permanecer e me enfrentar. Eu decidi por ele. Minha dor e cansaço foram instantaneamente suspensos, substituídos pelo espírito de guerreiro. Quando o soldado Preto enfim decidiu me enfrentar, eu o estripei como um porco, do umbigo ao pescoço.

Momentos depois, cheguei ao tartan de Daerec, encontrando-o parado na proa. Nós nos cumprimentamos.

— Onde está Tiara? Por que você não está no mar?

— Estou esperando Enyac. Você o viu?

Balancei a cabeça.

— Tiara também já deveria estar aqui.

— Também não vi a pequena.

Saímos de perto do barco e corremos para as cabanas. A aldeia estava repleta de corpos de janis adultos e crianças. Meu coração acelerou. Ainda era possível ouvir os gritos de batalha à distância. Corremos de beco em beco, chamando por Tiara e Enyac. Não havia nenhum vestígio deles.

Então nós nos deparamos com uma pilha de cadáveres amontoados na entrada de uma cabana. No chão, vi a máscara de Tiara. Vasculhei a pilha, empurrando os corpos para o lado até encontrá-la. Mesmo identificando seu corpo, enquanto chorava as lágrimas mais amargas dos meus 15 solstícios, eu tinha alguma esperança de que ela pudesse estar viva.

— Tiara? — sussurrei.

Eu a abracei e vi uma pequena ferida em seu peito. Meu grito atravessou a noite.

— Sinto muito, pequenina. Lamento muito! Disse que protegeria você e falhei!

Gritei com tanta força que senti minha garganta em chamas. A intensidade daquela dor e daquela raiva era diferente de tudo o que eu conhecia; quase fui engolido por esses sentimentos, e naquele momento eu desejava ser obliterado por eles.

Ali, naquele instante, uma coisa ficou muito clara para mim: o mundo mudara para sempre. A honra da Nação Preta fora manchada pelos atos malignos daqueles soldados. E, embora eu desejasse muito que os deuses os punissem por cem solstícios, no fundo do meu coração, eu sabia que não fariam nada.

Eles permaneceriam nos céus, distantes, com os olhos desviados do que estava acontecendo abaixo, como se não fosse algo que os preocupasse. A morte continuava a se disseminar ao meu redor, espalhando-se como uma praga, de uma maneira que eu também fiquei infectado. Ela tornou-se a única coisa que eu desejava: morte para mim e morte para os soldados que mataram Tiara. Eu mataria o máximo que pudesse antes de enfim me entregar a um semelhante destino. As lembranças do que aconteceu em seguida são turvas, pois a razão me abandonou dali em diante. Sei que não estava mais com minha máscara no rosto. Disso eu me lembro. Eu queria olhar a morte bem na cara.

Segui até as estátuas dos deuses gêmeos. As catapultas pretas decapitaram a estátua da deusa Adia, e a luta se deslocara para dentro da cidade. Lutei para passar por hordas de cromos Vermelhos e legiões de cromos Pretos, ferindo e golpeando quem quer que estivesse no meu caminho. Os cromos Vermelhos recuaram, retrocedendo mais para dentro de Samaris, por conta do número superior de cromos Pretos.

Passei por esses últimos como um ceifeiro passa pelo trigo, ferindo cada soldado que encontrava. Todos eles morreram com a perplexidade estampada no olhar por não entenderem quem eu era, já que eu não usava máscara nem uniforme. Os cromos Vermelhos que me viram não tentaram me deter, e alguns até me ajudaram enquanto eu passava pelos inimigos. A alegria deles, porém, durou pouco, pois comecei a matá-los também. Matei por Tiara, por meu pai e por minha mãe. Brandi minha espada em seus pescoços e a mergulhei profundamente em seus corações e em suas entranhas pela injustiça que me rodeava, esperando que de alguma forma ela extraísse algum bem de todo aquele mal. Eu não era mais um cromo, e sim uma besta selvagem, cujo único desejo era o sangue. Minhas roupas e meu rosto estavam ensopados do líquido vermelho, que também escorria pela lâmina da minha espada e pingava no chão.

— Há um demônio entre nós... um arlequim! — gritou alguém.

A palavra se espalhou como um incêndio. Um arlequim estava presente no campo de batalha! Isso criou um caos total entre os guerreiros, tanto entre cromos Vermelhos quanto entre cromos Pretos.

— Samaris está infestada de arlequins! — berrou um soldado Preto atrás de mim.

Eu me virei na direção dele e avancei.

— Venha e me mate então, cromo Preto! — desafiei-o.

Minha voz estava rouca devido aos gritos, e vi que o guerreiro Preto hesitou por um instante. Minha visão deve ter sido um espetáculo horrível: um demônio louco, com o rosto manchado de sangue, sorrindo como se adorasse a morte. Outros guerreiros abriram caminho para mim: ninguém queria lutar contra o arlequim.

— Não tenho medo de você — bradou ele, completamente aterrorizado. — Você vai morrer junto com todos os outros arlequins!

Num frenesi selvagem de medo, ele me atacou, me pegando de surpresa com sua força e velocidade. Perdi minha posição de guarda, e ele me apunhalou no coração. Eu olhei para baixo e vi a lâmina cortar minha roupa e afundar em mim. Não senti nada. Nenhum sangue foi derramado. O guerreiro retirou a espada e me olhou surpreso.

— Ele não sangra! O arlequim não sangra! — gritou outra pessoa.

O guerreiro Preto e os outros começaram a se afastar de mim.

— Ele é um demônio! Ele não está vivo! Deve ser o Arlequim Vermelho! O mais poderoso! — murmurou outro soldado Preto.

Eles começaram a fugir. Tateei meu peito e minhas roupas até encontrar a forma familiar de minha máscara preta, aquela que eu levara o tempo todo comigo, sobre meu coração: ela salvou minha vida. Tudo ficou claro. Não havia dúvidas de que aquela era uma mensagem dos deuses: eles queriam que eu vivesse. Essa era a maneira de honrar meus entes queridos, não para matar, não para morrer, mas para viver minha vida por eles. Foi um momento de despertar.

Eu sabia o que fazer.

Peguei Tiara nos braços e caminhei pelo campo de batalha como um fantasma. Era como se eu tivesse a proteção dos deuses. Ninguém poderia chegar perto de mim, mesmo que ousassem. Um caminho se abriu diante de mim enquanto eu passava pelos portões e voltava para o que restava da aldeia dos janis, para enterrar minha jovem amiga no mar, antes que algum necrófago chegasse até ela.

Seu corpo era leve. Enquanto a levava em direção às ondas, percebi que eu a manchara com o sangue da batalha. Eu me lavei no mar e comecei a chorar de novo. Coloquei o medalhão de minha mãe no pescoço dela e rezei a todos os deuses para que cuidassem bem de minha pequena amiga. Depois, coloquei seu corpo em uma tábua de madeira que estava largada na praia e a levei para o mar. As águas estavam calmas.

— Adeus, pequenina — sussurrei. — Vá para junto de seus pais, do outro lado.

Observei em silêncio enquanto a maré levava seu corpo para longe, rezando para que, além do horizonte, ela enfim chegasse aos braços seguros de Adio.

Pouco tempo depois, um tartan chegou até a costa. Ouvi Daerec me chamar. Junto a ele, reconheci Xai, Oghale e Yanetz entre uma série de outros marcromos.

— Conseguiu encontrar Enyac? — perguntei.

Ele não me respondeu, e eu compreendi.

— Eu estava errado, e Enyac estava certo — disse ele então.

— Esta terra se tornará nosso cemitério se não formos embora. Queremos que você nos leve para longe daqui, Asheva.

— Então, tirem suas máscaras. Todos vocês. E nunca mais as usem — ordenei —, pois a vida não deve ser encarada com máscaras, mas olhada de frente por cromos livres. Hoje vocês morrem como cromos e como janis. Estão prestes a renascer... como *arlequins* livres!

♦

CAPÍTULO 18

FUGA

E assim navegamos para longe de Samaris, para longe da batalha. Não usamos mais máscaras em nossos rostos. Tínhamos feito nossa escolha. O mundo dos cromos era um mundo de decadência e desespero, e não nos restava mais nada além de nos tornarmos arlequins. Eu ainda não tinha certeza se o que Chtomio me dissera sobre eles era verdade ou não. Mesmo que houvesse apenas um pouco de verdade na lenda desses cromos livres, era apenas mais uma razão para seguirmos seus passos.

Conforme a brisa inflava as velas de nosso tartan, senti-me livre pela primeira vez na vida. Livre dos cromos, das mentiras das Leis Coletivas e dos mitos terríveis que causaram tantas guerras e tanto sofrimento.

Mas a liberdade, logo aprendi, vem com um preço.

No momento em que se espalhou a notícia de que ninguém menos que o Arlequim Vermelho estava a caminho do território Violeta, aproximando-se rapidamente de Papylia, os Cromos Violeta usaram o conhecimento sobre suas terras para se preparar contra nós. Logo que desembarcamos na costa Violeta e deixamos nosso barco, uma fumaça sufocante, acre e de cor amarela se espalhou ao nosso redor.

— Não consigo respirar! — gritou Daerec.

Tivemos dificuldade para permanecer de pé. Comecei a me sentir tonto e ouvi os outros vomitarem. A fumaça tornou-se densa, até que eu mal conseguisse enxergar qualquer coisa. Depois, me lembrei da vez em que Jhute me contou sobre as sementes amarelas de calova que os Cromos Violeta queimavam para combater os invasores. Ele também me disse qual era o antídoto: folhas de hortelã. Eu sabia que os bosques próximos à praia estavam cheios delas, mas, para chegar lá, tínhamos que passar pela fumaça de calova.

Felizmente para nós, o vento dispersou a cortina de fumaça amarela por tempo suficiente para que pudéssemos respirar e ver além dela. O bosque não estava longe, talvez cem metros ou pouco mais. Vi alguns cromos Violeta discutindo sobre fazer uma nova ofensiva. Suas máscaras tinham narizes anormalmente longos, projetados para protegê-los da fumaça. Jhute e Zimdie também me disseram como aqueles narizes especiais armazenavam ervas que agiam como um antídoto para os venenos que eles usavam.

— Por aqui! — gritei aos outros. — Precisamos ir para a floresta!

Agarrei o cromo mais próximo de mim pelo braço e o arrastei comigo. Um a um, todos me seguiram. Encontrei uma planta de hortelã e passei suas folhas para todos.

— Encontrem estas folhas! E comam elas! Depressa! É a única maneira de sobreviver!

Procurei mais folhas e, quando as encontrava, enfiava tudo na boca, mastigando-as com força. Quase imediatamente comecei a me sentir melhor, assim como os outros. Em pouco tempo, entretanto, cromos Violeta nos cercaram e começaram a soltar centenas de borboletas pretas e rosas.

— Morram, arlequins! — vociferaram eles.

Um dos marcromos, Oghale, começou a rir como um louco.

— O quê? Eles pretendem nos matar com isso?

Ele ergueu o braço para que as borboletas pousassem até que estivesse coberto delas. Continuou a rindo e se voltou para nós:

— Viram? Como borboletas poderiam…

Foi quando seus olhos se arregalaram, e ele começou a gritar.

— Não consigo sentir meu braço, nem minhas pernas!

Quanto mais barulho ele fazia, mais borboletas atraía, até que ficou com o corpo coberto delas. Todos permanecemos inertes enquanto o víamos cada vez mais paralisado.

— Vamos — ordenei, acenando para os outros me seguirem. — Não podemos fazer nada por ele.

Seguimos para os pinheiros, adentrando na floresta e nos distanciando do mar. Levamos dois dias para sair do território Violeta e chegar ao território Azul, mas eles também estavam nos esperando. Ao atravessarmos as planícies Azuis, captamos o som das trombetas que ecoavam pelos vastos campos de trigo. À nossa frente, os guardas Azuis marcharam em formação através das planícies.

— Estamos encurralados — disse Daerec. — Se voltarmos, os Cromos Violeta nos matarão. Se formos adiante, os Cromos Azuis farão o mesmo.

Se havia uma coisa que eu aprendera sobre cromos e arlequins, era que os cromos os temiam. E o medo, como Chtomio já me dissera, pode ser seu maior aliado. Era hora de pôr à prova seus ensinamentos.

— Não tenho certeza se estou pronto para morrer — murmurou Daerec.

— Nem eu — respondi com um sorriso.

— A única coisa que podemos fazer é correr em direções separadas e esperar que alguns de nós sobrevivam.

— Não — respondi. — Essa é uma maneira de garantir que vamos morrer. Precisamos seguir em frente, atravessando as planícies Azuis e chegando ao que antes era o território Verde. Ninguém vai para lá, portanto, estaremos a salvo.

Após um momento de silêncio, Daerec foi o primeiro a manifestar seu ceticismo:

— Como você espera fazer *isso*? — perguntou ele. — Voando sobre o território Azul?

— Mais ou menos — respondi. — Tenho certeza de que você já trabalhou com palha antes, em Samaris. Precisamos cortar um pouco de trigo e fazer cruzes leves, mas resistentes, da altura de um cromo.

— Palha?

— Não há tempo para explicar. Faça o que eu digo ou você *vai* morrer, Daerec. Todos nós vamos morrer.

Isso foi o suficiente para que todos começassem a agir. Torci um pouco de palha e fiz dois cajados. Depois, coloquei um cruzado sobre o outro, dando-lhe a forma dos braços de um cromo.

— Tudo bem. Vamos tirar nossos trajes.

Vesti minha cruz com meu manto, de modo que ela ficou com a aparência de um cromo.

— Certifiquem-se de que não fique muito pesado. Rasguem um pouco de pano se for necessário, e estiquem o máximo que puderem.

— Ah, agora eu entendi — disse Daerec.

Logo, cada um de nós tinha seu próprio irmão gêmeo feito de palha.

— Como esses bonecos vão lutar contra os Cromos Azuis? — perguntou Xai.

— Você vai ver — respondi.

Quando terminamos, os soldados Azuis já tinham se aproximado. Eu sabia pelo que Chtomio me dissera que a maioria deles não eram guerreiros de verdade, mas comerciantes disfarçados. Eles marcharam lentamente, mais preocupados em se manterem em uma linha perfeita do que em nos apanhar. Também marchamos, nós seis, em fila, contra centenas deles.

— Os arlequins! — urrou um soldado.

Por um instante, eles pararam, incertos do que fazer. Continuamos indo em direção a eles, escondidos atrás de nossos bonecos de palha.

Quando estávamos perto o suficiente para sermos vistos por eles, mas longe o suficiente para evitar suas flechas, um deles avisou:

— Rendam-se, arlequins!

— Prontos? — disse.

O vento soprava forte e era difícil manter os bonecos retos.

— Agora!

Soltamos nossas criaturas de palha em uníssono enquanto nos lançávamos ao chão, escondidos pelas altas espigas de trigo. As cruzes leves, ajudadas pelas roupas apertadas, fizeram os bonecos voarem pelo céu.

As criaturas voadoras provocaram um tumulto entre os Cromos Azuis.

— Eles estão voando! Os arlequins estão voando!

— Demônios infernais!

— Matem eles!

Quando os arqueiros Azuis enfim começaram a atirar nos bonecos, eles estavam muito altos no céu para serem alcançados. Enquanto isso, nós nos rastejamos para longe, escondidos pelo trigo. Quando os Cromos Azuis desapareceram de vista, nós começamos a rir num misto de desespero e alegria.

Mais tarde naquela noite, chegamos à grande estrada Canceriana, a principal via para todos os territórios. Assim como eu me lembrava, os comerciantes tinham montado acampamento e podíamos passar despercebidos, pois certamente um grupo de cromos esfarrapados, desmascarados e sem camisa seria notado em plena luz do dia.

— Que tal enfim pararmos e descansarmos para passar a noite — perguntou Daerec, quando estávamos bem além dos últimos acampamentos da Canceriana. — Não paramos de andar desde a manhã.

Todos os outros concordaram.

— Também me sinto exausto — comentei. — Mas precisamos ir além das planícies Azuis, e a noite é o melhor momento para viajar.

— Você sabe para onde estamos indo?

— Para o território Verde — respondi.

— Eu achava que eles não tinham território — disse Daerec.

— Eles não têm, mas isso não significa que não exista. É por isso que será um esconderijo perfeito para nós.

Embora os Cromos Pretos tenham conquistado as terras dos Cromos Verdes muitas gerações antes, nenhum cromo Preto jamais fora até lá. A verdade é que ninguém queria se relacionar com os complicados Cromos Verdes. Se tivesse permanecido um simples cromo Preto, eu pensaria da mesma forma, mas, agora que sabia a verdade sobre os territórios e os cromos, nada me assustava.

— Estou cansado e digo que devemos ficar aqui — resmungou Daerec.

Os outros concordaram.

— Como quiser — falei —, mas, ao nascer do sol, vocês serão alvos fáceis. Ayas, a cidade dos Cromos Azuis, não fica longe daqui, e os soldados Azuis perambulam pelas planícies.

Eu estava exagerando um pouco. Os ayanos eram tão obcecados pelo comércio e pelo ouro que até mesmo seus soldados tentavam ficar dentro dos limites da cidade o máximo possível.

— Desejo felicidades a todos vocês — disse, apertando as mãos de cada um, antes de seguir na estrada, tendo a lua como guia.

Um a um, comecei a ouvir passos atrás de mim.

— Conte mais sobre os arlequins — disse uma voz fraca e acanhada.

Era Xai, o mais jovem de nosso grupo.

— Isso vai nos manter acordados.

— Muito bem — assenti.

Contei-lhes minha própria história desde o início, da minha vida em Axyum até a fuga para Ayas e o encontro com Chtomio. Contei-lhes tudo o que Chtomio me dissera sobre cromos, arlequins, o mito das cores e as origens das Leis Coletivas e das máscaras.

Ninguém me interrompeu. Todos escutaram em silêncio até eu terminar a última frase. Depois disso, estavam claramente abalados.

— Se não há diferença entre nossas cores, então não há diferença entre janis e sayis? — perguntou Yanetz.

Balancei a cabeça.

— Nenhuma.

Ele e Daerec sorriram um para o outro com pesar. A luta deles pela igualdade e dignidade fora sempre uma luta justa.

— O que realmente aconteceu com seu amigo, Chtomio? — perguntou Xai.

— Ele foi assassinado — respondi.

Decidi não dizer que ele também era o Rei em Samaris.

— Os cromos no poder querem os arlequins mortos, para que não possam mais representar uma ameaça para eles, expondo suas mentiras e seu poder corrupto. Se entenderem isso, terão entendido tudo.

Caminhamos um longo tempo, equivalente a várias vigílias, até entrarmos num espesso matagal que eu esperava, por todos os deuses, que fosse o início do território Verde. O bosque rapidamente se adensou, dando lugar a uma estranha floresta mais quente que o normal, mesmo durante a noite. O terreno era lamacento e pantanoso em alguns pontos.

Com as planícies Azuis enfim ultrapassadas e as folhagens densas que cobriam a lua, decidimos descansar o período remanescente da noite. Pela primeira vez, após a terrível destruição de Samaris, pudemos enfim acampar, sem precisar olhar para trás para ver se alguém nos seguia.

Ainda assim, muitos não conseguiram dormir. Apesar de exaustos, também estávamos assombrados por nossos próprios pensamentos. E isso acabou sendo algo positivo, pois de outra forma não teríamos sobrevivido para ver o nascer do sol outra vez.

♦

CAPÍTULO 19

SERPENTES E SEMENTES

— Asheva! — sussurrou alguém.

A luz do alvorecer era filtrada pela floresta e, quando me levantei, vi que era Xai quem me chamava.

— O que foi? — perguntei.

— Não consigo dormir por causa das coisas que você disse.

— Também não consigo dormir — respondi. — De todos os lugares que podíamos encontrar para descansar, este pântano lamacento deve ser o pior.

— Estive pensando. Você disse que não há cores…

— Foi o que me disseram e o que vi com meus próprios olhos — disse, lembrando a vez em que Chtomio me pregou uma peça com o escópio.

Não estava discernindo muito bem o rosto de Xai, mas podia ouvi-lo suspirar.

— Há algo errado? — perguntei. — Não ter cores não significa que estamos perdidos.

— Mas se não há cores, talvez não existam deuses? Sempre tive Adio e Adia me guiando. Mesmo sendo um janis, eu sabia que eles cuidariam de mim.

Eu agarrei seu braço com firmeza.

— Não sei se Adio e Adia existem — disse —, mas sei que, se os deuses existem, são benevolentes e nos veem sem divisões e sem injustiças. E eles gostariam que cuidássemos um do outro.

— E quanto aos outros arlequins? — perguntou ele. — Onde estão? Por que não se juntam a nós?

— Eles irão, quando chegar a hora certa — disse, tentando me convencer disso também. — Agora, vamos descansar porque...

Não consegui terminar a frase, pois Xai se ergueu diante de mim na escuridão. Ele foi levado para longe com uma força surpreendente.

— Asheva!

— Xai!

Agarrei minha espada. Foi então que eu a vi. Atrás do corpo de Xai, estava uma serpente enorme, do tamanho de três cromos. Sua cauda se enrolara na cintura do meu pobre amigo e o estava sufocando até a morte. Nosso acampamento irrompeu em gritos de desespero. Avancei com minha espada e cortei a carne do monstro, mas a ferida não lhe causou dano. A criatura monstruosa voltou sua atenção para mim. Sua grande cabeça achatada era do tamanho de uma rocha, e os olhos amarelos e penetrantes me encararam com fúria.

— Corra, Asheva!

Os demais gritavam atrás de mim, mas tudo o que pude fazer foi ficar ali com a espada empunhada, pronto para apunhalar a criatura mortal. A serpente verde escancarou a boca para me engolir. Eu podia sentir o cheiro de suas entranhas podres, enquanto pensava que provavelmente teria que cortá-la por dentro para sair, quando um estranho canto poderoso ecoou por toda a floresta.

A criatura soltou Xai e serpenteou de volta para os pântanos. O cântico continuou, ficando cada vez mais alto. Nós formamos um círculo. O sol tinha enfim penetrado na floresta, fazendo a vegetação brilhar com diferentes tons de verde, do esmeralda, ao jade, ao menta. As vozes estavam mais próximas. Era como se estivessem ao nosso redor e dentro de nós, mas não víamos ninguém. Então, como por magia, as plantas verdes ao nosso redor começaram a se mexer, como se os deuses tivessem concedido uma alma a cada uma!

— Esta floresta está viva! — disse Daerec. — Com demônios!

Depois, o cântico parou. O que confundimos com plantas não era outra coisa senão cromos disfarçados. Um a um, eles começaram a remover folhas e galhos. Quando se aproximaram, vi que até mesmo suas máscaras eram feitas de elementos naturais encontrados na floresta. Algumas pareciam troncos de árvores, outras eram da mesma cor que as exuberantes folhas verdes que havíamos usado como cama durante a noite. Suas vestes engenhosamente imitavam a textura e a sombra das plantas ao redor da clareira em que estávamos. Eles nos cercaram.

— Quem são estas criaturas? — perguntou Xai.

— São os Cromos Verdes — respondi.

— Você disse que os Cromos Verdes não viviam mais aqui — murmurou Daerec.

— Foi o que eu pensei — disse.

— Sinta-se em casa, Asheva!

Fiquei estupefato. Quem sabia meu nome ali? Minha mente se fixou no único cromo Verde que me conhecia. Aquele com quem eu fizera amizade. Aquele que me traíra: Astor.

Ele saiu de um manguezal, como se tivesse nascido da própria vegetação. Seu manto era marrom e verde, enquanto a máscara estava repleta de folhas. Parecia não ter mudado nada, embora fosse um pouco menor do que eu me lembrava. Ou talvez eu tivesse ficado mais alto.

— Estou *tão* aliviado de ver que você esteve vivo e bem esse tempo todo. A Deusa Mãe cuidou de você, afinal de contas.

— E me surpreende ver que seus membros ainda estão presos ao seu corpo de ladrão — zombei.

— Cuidado, meu amigo!

Ele se aproximou.

— Podemos sempre chamar de volta aquela *eunectes* que estava prestes a te devorar com uma só mordida.

— Já chega, Astor! — trovejou uma voz.

Parecia ser a mesma voz que entoou o cântico.

Astor virou-se imediatamente para a voz e fez uma reverência.

— Sinto muito, Grande Failan. Minha boca é mais rápida do que meus pensamentos.

— Sim, e suas mãos são ainda mais rápidas do que sua boca — respondeu a voz.

Era como se a própria floresta estivesse falando conosco. Por um instante, pensei que a Deusa Mãe tinha de fato se pronunciado.

— Grande Failan, eu conheço este cromo — comentou Astor. — Ele me traiu em momentos de necessidade. Ele não é digno de sua benevolência.

— Você pode dizer muitas coisas sobre Asheva, abraçador de árvores — disse Daerec —, mas de uma coisa eu sei: ele nunca trairia um amigo. Ele nunca me traiu.

— Nem a mim! — gritou Xai.

— Nem a mim! — acrescentaram todos os meus amigos. Ou melhor, meus irmãos.

— Silêncio! — gritou a voz.

Então, como pétalas de uma flor brotando uma a uma, as plantas se abriram atrás de Astor. Uma grande cromo que se parecia com um girassol saiu de seu esconderijo. Ela usava uma máscara marrom rodeada de pétalas amarelas-alaranjadas. Os raios do sol faziam com que seu manto verde, feito de minúsculas folhas aveludadas, ganhasse vida. Ela ergueu os braços e os abriu bem, revelando duas folhas gigantes que pareciam asas naturais. Os cromos Verdes a tratavam como uma abelha-rainha, ajoelhando-se enquanto ela fazia aquele gesto.

Ela ergueu o rosto e exclamou:

— Bem-vindo de volta, Irmão Sol. Sua luz nos dá força. Seu calor nos aquece. Somos gratos por sua generosidade.

Fascinado pela cerimônia, não percebi que Daerec se aproximara de mim.

— Este é um bom momento para tentar fugir — sussurrou ele.

— Não! — sussurrei de volta. — Não temos outro lugar para ir. Precisamos da ajuda deles.

— ... E nós, Cromos Verdes, aguardamos um novo dia para honrar você e a Deusa Mãe! — concluiu Failan.

Ela então me encarou.

— Você! — disse, ao apontar para mim. — Aquele chamado Asheva. Você diz que precisa de nossa ajuda. E vem aqui sem máscara, seminu...

— Como ela ouviu... — disse Daerec espantado.

— Eu ouço tudo na floresta! Sou a Sacerdotisa da Deusa Mãe! — retrucou ela.

Voltando-se novamente para mim, ela falou:

— Diga, de que Nação você é?

— Ele é um cromo Preto! — gritou Astor, antes que eu pudesse responder.

— Não! Eu não sou um cromo Preto, venerável Failan. Na verdade, não sou um cromo.

— E o que você é então? Um bicho-da-seda de tamanho exagerado?

Todos riram.

— Eu... nós... somos arlequins.

As gargalhadas cessaram imediatamente.

— Arlequins — repetiu, como se medisse a palavra.

Então, após alguns segundos de silêncio, ela disse:

— Nós não gostamos de arlequins. Pouparei suas vidas, mas vocês devem deixar nossa floresta.

— Não podemos — expliquei. — Não temos para onde ir.

— E por que isso seria um problema meu?

— Porque eventualmente eles farão com você o que acabaram de fazer com os Cromos Vermelhos, a menos que nós os detenhamos.

— Eles…? Quem são "eles"? — perguntou ela.

— Os Cromos Pretos. Eles destruíram a cidade Vermelha de Samaris.

— Ah, *eles* — disse ela. — A Deusa Mãe nos protegerá deles, como sempre nos protegeu.

— Mas Astor me disse que, às vezes, até a Deusa Mãe se distrai, e seus descendentes precisam defender a si mesmos.

Minhas palavras geraram murmúrios de desaprovação e desprezo. Failan cruzou os braços com raiva.

— Você ficou louco? — sussurrou Daerec. — Agora ela vai nos matar com certeza!

Mas a Sacerdotisa começou a rir.

— Eu gosto de você, arlequim — disse ela. — Você tem o que nós chamamos de sementes! Venham, todos vocês serão nossos convidados em Everdia!

De repente, todos os cromos Verdes nos abraçaram.

— É um de nossos costumes — explicou um jovem cromo Verde. — Ao nos abraçarmos, nós nos tornamos irmãos, para que possamos compartilhar com vocês o amor que a Deusa Mãe tem por nós.

Aparentemente, precisávamos abraçar cada um deles, ou a Deusa Mãe não nos abençoaria.

Quando chegou a hora de abraçar Astor, ele veio até mim como se fôssemos melhores amigos. Antes que eu percebesse, ele me envolveu com firmeza em seus braços e não me soltou.

— Aprecie este momento, Asheva — sussurrou no meu ouvido —, pois você e seus arlequins falsos não sairão vivos de Everdia.

Se fosse outra ocasião, talvez eu o tivesse matado ali mesmo. Mas muito sangue fora derramado em Samaris, e a morte já me cercava por muito mais tempo do que eu desejava. Então, em vez disso, eu o abracei ainda mais forte.

— Aprecie este abraço, meu amigo — sussurrei de volta. —, pois o abraço de um arlequim é o abraço da morte.

Antes que ele pudesse responder, rapidamente atingi com força as *sementes* dele com meu joelho e segui para abraçar outro cromo Verde, deixando Astor uivando de dor.

Por fim, chegamos a Everdia, a cidade dos Cromos Verdes. A vegetação cobria toda a cidade. Nunca a teríamos encontrado por conta própria. Os habitantes dali não andavam na floresta: eles saltavam, subiam e se balançavam de árvore em árvore, fazendo a vegetação funcionar a favor, e não contra eles. Isso significou que alguns dos cromos que nos encontraram na floresta tiveram que esperar por nós, arlequins, porque não éramos tão ágeis.

Havia muito que eu ainda precisava aprender sobre os Cromos Verdes. Para minha surpresa, foi preciso muito pouco para entender que cromos como Astor não eram a regra em Everdia, mas a exceção. A maioria era tudo, menos ladrões. Eram cromos humildes e generosos que viviam em harmonia com seu mundo e fariam qualquer coisa ao seu alcance para ajudar os outros a conseguir isso também. Eram os únicos cromos que circulavam sem máscaras dentro de sua cidade, pois as viam como uma imposição, uma entre muitas, determinada por cromos de outras cores. Isso também explicava por que ninguém na cidade se surpreendeu ao nos ver sem elas.

Eu os observei debaixo da sombra de um salgueiro enquanto algumas crianças brincavam perto de mim. Isso me fez lembrar de Tiara, e não tenho vergonha de dizer que derramei mais lágrimas por ela.

Quando as crianças perceberam, elas pararam e se aproximaram de mim. Começaram a fazer gestos de carinho e a me abraçar de uma forma incrivelmente acolhedora e serena, como somente as crianças conseguem. Eu só podia esperar que a Deusa Mãe enviasse aqueles abraços para Tiara e para todos aqueles que me eram queridos, onde quer que estivessem.

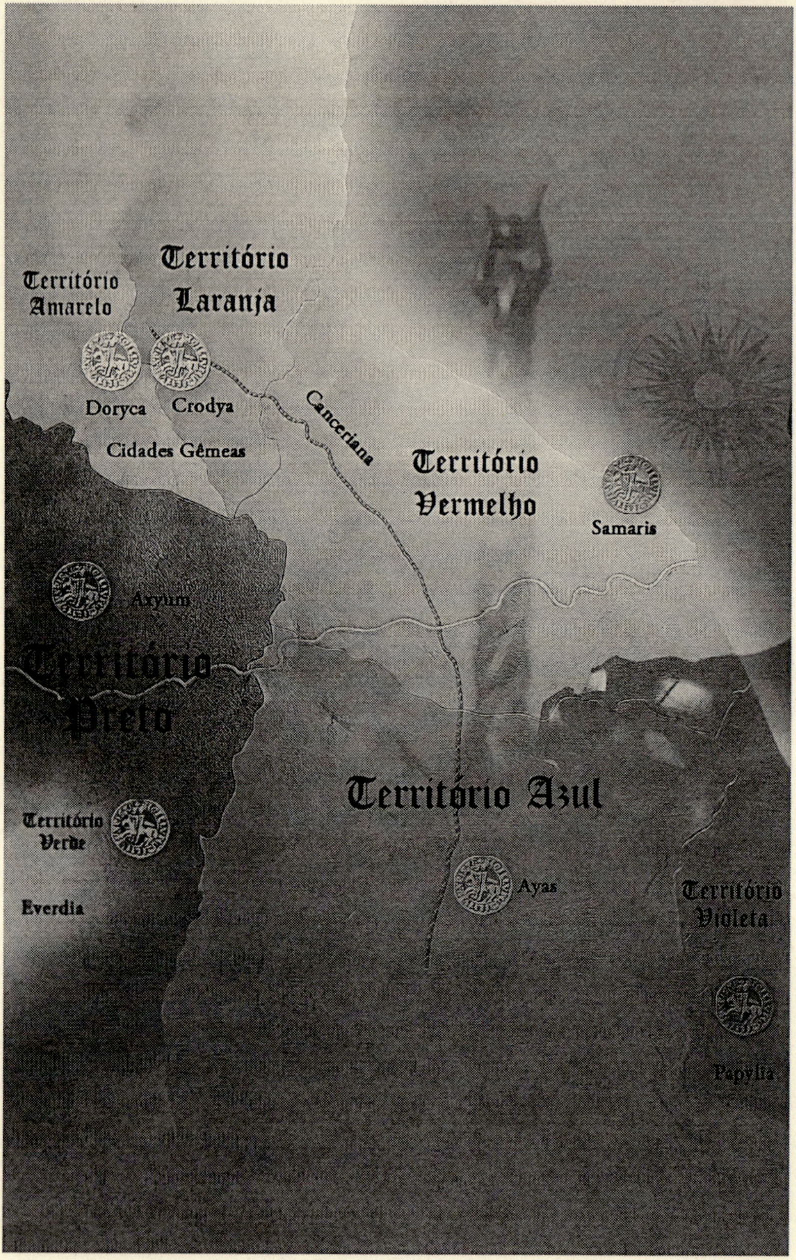

Território
Amarelo
Território
Laranja
Doryca
Crodya
Cidades Gêmeas
Canceriana
Território
Vermelho
Samaris
Axyum
Território
Preto
Território Azul
Território
Verde
Everdia
Ayas
Território
Violeta
Papylia